CHANGEMENT DE LIGNE

W.C. Mack

Texte français de France Gladu

Catalogage avant publication de Bibliothèque et Archives Canada

Mack, W. C., 1972-
[Line change. Français]
Changement de ligne / W.C. Mack ; texte français de France Gladu.
Traduction de : Line change.
ISBN 978-1-4431-3872-7 (couverture souple)
I. Gladu, France, 1957-, traducteur II. Titre. III. Titre : Line change.
Français.
PS8625.A24L5614 2014 jC813'.6 C2014-904671-5

Édition publiée par les Éditions Scholastic, 604, rue King Ouest, Toronto (Ontario) M5V 1E1.

5 4 3 2 1 Imprimé au Canada 121 14 15 16 17 18

Illustration de la couverture : Paul Perreault

À Vancouver, ma ville natale, qui remportera un jour la Coupe Stanley.

À Mike, qui sera fou de joie lorsque cet événement se produira.

– W.C.M.

Chapitre un

Alors que l'horloge n'affiche plus que trois minutes, la situation devient sérieuse. Pourtant, elle est déjà suffisamment corsée à cause du défenseur gauche des Tonnerres qui écrabouille nos joueurs sur la bande à la première occasion. Je me demande où ses parents avaient la tête quand ils lui ont donné le nom de *Sébastien* : ils auraient dû faire preuve d'un peu de clairvoyance et l'appeler Char d'assaut!

Bref, je commence à m'énerver : ce monstre me tape dessus depuis le début de la période et les arbitres ne semblent pas s'en apercevoir. Sur le banc, l'entraîneur O'Neal ne cesse de crier, tout comme les autres membres de l'équipe et nos admirateurs (euh… nos familles) dans les gradins.

J'ai eu droit à une demi-douzaine de solides coups de coude jusqu'à maintenant, mais pas question de me laisser arrêter. Je joue pour gagner.

C'est donc bien à regret que je quitte la patinoire lorsque l'entraîneur me rappelle au banc.

Je retourne m'asseoir et croise le mastodonte de notre équipe Émile Bosco (qui est aussi mon tuteur en maths). Il me tape dans la main.

— Bien joué, Croquette, me lance-t-il de sa grosse voix de grizzly avant de me remplacer à l'aile droite.

Je le remercie et regagne ma place sur le banc.

— Ce défenseur est une bête, fait remarquer Patrick Chen en secouant la tête.

— Absolument! dis-je. Chaque fois que j'avais la rondelle, il me fonçait dessus.

L'entraîneur O'Neil me tapote le dos :

— Tu as joué avec ardeur, fiston. Ce gars est au moins deux fois plus gros que toi, mais tu lui as montré de quel bois tu te chauffes!

Je ne peux m'empêcher de penser que si ma satanée poussée de croissance avait fini par se produire, cette conversation n'aurait pas eu lieu.

Ni aucune autre à propos de ma taille.

— Bon sang, si seulement on pouvait la gagner, celle-là, dit Patrick en remettant ses gants au cas où l'entraîneur l'enverrait au jeu.

À côté de Patrick, David McCafferty (dit « l'ébouriffé ») est adossé au mur. Comme d'habitude, il a l'air à moitié endormi.

Dommage qu'il n'ait jamais l'air à moitié réveillé.

Sans rire! Comment peut-on se détendre durant un match de hockey? Surtout quand on fait partie de l'équipe!

Je regarde les joueurs se déplacer sur la patinoire en regrettant de ne pas me trouver parmi eux. Il a bien fallu que j'accepte de partager ma position d'ailier droit avec Émile Bosco, mais ça ne me plaît pas pour autant.

Si j'avais le choix, je passerais ma vie à jouer au hockey. C'est l'activité que je préfère entre toutes et il se trouve que je me débrouille plutôt bien! Lorsque je ne joue pas, je m'entraîne, et si je ne fais ni l'un ni l'autre, je regarde un match à la télé ou je lis sur le sujet.

Au fait, ça me rappelle que la librairie devrait recevoir le quatrième volume de *Et c'est le but!* d'un jour à l'autre.

Génial!

Il n'y a rien de mieux au monde que le hockey.

Rien.

Le corps incliné vers l'avant, je suis le déroulement de la partie.

Nous avons déjà battu Victoria, mais cette fois, impossible

de prédire qui sortira vainqueur.

Les adversaires ont beau former une équipe solide, leur uniforme est ridicule. Alors que nos vêtements noir et rouge nous donnent une allure redoutable, l'équipe des Tonnerres baigne piteusement dans le mauve et le jaune. Et je me fiche que les Kings de Los Angeles aient porté ces couleurs il y a cent cinquante ans, elles sont nulles.

Non, mais franchement!

Et pire encore que l'uniforme des Tonnerres de Victoria, c'est leur attitude. Parce qu'ils habitent la plus grande ville de l'île, ils se croient supérieurs aux autres! Et ils jouent plus durement qu'ils le devraient.

Plus durement que n'importe quelle équipe le devrait.

Il y a des règles au hockey et ce n'est pas pour rien. Après tout, il s'agit d'un jeu, pas d'une guerre!

Je bondis sur mes pieds lorsqu'Émile enlève la rondelle au défenseur droit des Tonnerres. Les lames de ses patins raclant la glace, il franchit la ligne rouge.

Voyant la brute se diriger vers lui, je crie :

— Vas-y, Bosco!

L'autre aussi est rapide.

Émile garde la rondelle près de lui en se rapprochant du but adverse, mais quelques secondes plus tard, le char d'assaut l'a rattrapé.

La foule de nos partisans encourage Émile qui poursuit sa trajectoire. Je lève les yeux vers les spectateurs et aperçois mes parents et ma sœur debout dans les gradins.

Il y a de l'ambiance là-haut, c'est le moins qu'on puisse dire.

J'aimerais bien que ces encouragements me soient destinés. Je voudrais que ce soit moi, et non mon « partenaire », qui m'apprête à tenter ce tir.

— Pas trop vite, Bosco! crie l'entraîneur O'Neal. Place la rondelle!

Il reste moins de deux minutes de jeu et Victoria a un point d'avance sur nous. La tension est à son comble.

J'espère de tout cœur que Bosco parviendra à égaliser et

provoquera une période supplémentaire. Dans ce cas, j'aurai peut-être l'occasion de retourner sur la glace.

Je donnerais tout pour une période supplémentaire.

Émile fixe la cible et se prépare à lancer. Je sais qu'il vise à la perfection et que l'entraîneur n'a pas à lui rappeler d'y aller doucement. Bosco a toute la patience qu'il faut.

— Tire! crie Louis (dont la patience n'est pas tout à fait aussi développée).

— Fort! renchérit Patrick d'une voix encore plus fracassante.

Je retiens mon souffle. Faisant glisser son bâton vers l'arrière, Émile prend son élan et s'apprête à frapper la rondelle. Son lancer frappé est dévastateur (presque autant que le mien) : je sais que le gardien de but des Tonnerres n'a aucune chance de l'arrêter. Bosco sait exactement où viser et j'imagine déjà le projectile en train de voler jusqu'au coin supérieur du but.

— Dans le mille, Émile! tonne mon père du haut des gradins.

Je cesse de respirer.

La foule est en délire.

À l'horloge, l'aiguille des secondes continue d'avancer.

Mon cœur bondit dans ma poitrine comme des grains de maïs au micro-ondes. McCafferty l'ébouriffé dort encore?

Peu importe.

— Tire, Bosco! hurle Patrick.

Tous les yeux sont rivés sur Émile.

Aucun doute : il va compter.

Évidemment, je *veux* que mon coéquipier marque ce but. Mais au tableau des buts comptés, Bosco affiche deux points d'avance sur moi et je tiens mordicus à passer au premier rang. Bien sûr, il s'agit d'une compétition amicale et la victoire de notre équipe importe davantage que la réussite personnelle, mais je préfère tout de même me situer en tête du peloton.

— Vas-y!

Mon cri aurait dû tirer McCafferty du sommeil.

Enfin, presque.

Ensuite, tout semble se dérouler au ralenti. Le gardien se penche pour bloquer le tir et alors que la palette du bâton de Bosco va toucher la rondelle, le char d'assaut arrive, puis lève son bâton vite et haut!

Ouille!

Avant même que je puisse réagir, il frappe Bosco en plein dans le dos!

Durant une fraction de seconde, on peut entendre une mouche voler dans l'aréna pendant que notre joueur le plus costaud s'effondre et que la rondelle glisse lentement, puis s'arrête.

Mais l'instant d'après, la foule se déchaîne et moi aussi.

Pointant un doigt accusateur vers le char d'assaut, je lance à l'arbitre :

— Bâton élevé!

Le gros joueur des Tonnerres assène un nouveau coup de bâton à Bosco, le frappant cette fois à la jambe.

Hors de moi, je hurle presque :

— Et cinglage!

D'une voix forte, notre entraîneur réclame une punition. Tous les joueurs qui se trouvaient sur le banc se sont levés et les partisans manifestent bruyamment leur indignation.

— Infraction évidente, monsieur l'arbitre! crie l'entraîneur O'Neal.

Pour ce qui est de l'évidence, personne ne va le contredire. Jamais je n'ai vu un joueur chercher aussi ouvertement à en blesser un autre. Évidemment, nous savons tous que le hockey est un sport dur, mais le jeu contre la bande est une chose et le cinglage en est une autre.

Un tel comportement mérite une expulsion.

— Absolument inacceptable! s'écrie Tim.

Alors que l'arbitre patine vers Bosco pour s'assurer qu'il n'est pas blessé, notre géant se relève.

Et avant que quiconque ne puisse l'arrêter, il traverse la patinoire en quatrième vitesse et pousse vigoureusement le char d'assaut.

Le joueur des Tonnerres tombe à la renverse et heurte

violemment la glace.

Ah, nooon! La dernière chose dont nous avons besoin est bien une punition!

Les autres membres de l'équipe s'écartent de Bosco et de son adversaire. C'est ce que l'entraîneur nous a appris à faire quand une bagarre menace. Nous ne sommes censés nous en mêler sous aucun prétexte.

Bosco se rapproche de son rival.

— Garde ton calme, Émile, murmure Patrick. Garde ton calme.

Je chuchote à mon tour :

— Ne fais pas ça!

L'arbitre siffle et punit Bosco pour assaut.

L'entraîneur O'Neal s'époumone :

— Hé! Leur gars devrait être puni pour bâton élevé *et* pour cinglage, en plus!

L'arbitre secoue la tête. Il n'a rien vu.

— Non, mais vous plaisantez, ou quoi? C'était *flagrant*! lance encore l'entraîneur.

L'arbitre hausse les épaules et fait signe à Bosco de quitter la patinoire.

Notre bulldozer doit s'absenter durant deux longues minutes.

Il reste une minute quarante-trois secondes, les Tonnerres mènent par un point et nous leur accordons un avantage numérique?

Incroyable! Leur faire un cadeau pareil!

— Bon sang! Pourquoi a-t-il fallu qu'il fasse ça? soupire Louis, alors que nous regardons Bosco se diriger vers le banc des punitions.

En arrivant au banc, il se permet un commentaire :

— Le gars m'a frappé et il n'est même pas puni!

L'entraîneur lui jette un regard sévère :

— Ce n'est pas à toi de régler des comptes avec l'autre équipe, Bosco.

— Mais l'arbitre est…

— Il fait son travail.

Bosco fronce les sourcils :

— Mais…

— On ne joue pas de cette façon dans mon équipe, Bosco.

— Mais… commence encore Émile.

— Assieds-toi et regarde la partie, mon garçon. Nous reparlerons de ça plus tard.

Depuis trois ans que je suis dans l'équipe de l'entraîneur O'Neal, je ne l'ai vu aussi fâché et déçu qu'à deux reprises et chaque fois, c'était parce que les gars avaient joué d'une façon trop brutale. Il nous a toujours appris à foncer, mais en faisant preuve de droiture et il ne tolère pas la bagarre.

Mais alors, pas du tout.

J'évite de regarder Bosco. Je n'arrive pas à croire qu'il a tout gâché.

Comme les autres membres de l'équipe restés sur le banc, je tente de combler par des cris et des encouragements l'absence de notre joueur puni… mais ça ne suffit pas.

Les Tonnerres marquent un autre but à dix-sept secondes de la fin et nous perdons la partie.

— Merci beaucoup, Bosco, grogne Louis alors que nous avançons tous vers le centre de la patinoire.

Il faut encore serrer la main aux joueurs de Victoria et les féliciter pour ce « beau match » même si leur attitude n'avait rien de beau.

L'entraîneur O'Neal voit le char d'assaut se moquer de Bosco pendant que nous avançons à la file indienne. Alors, il secoue la tête et descend sur la patinoire en se dirigeant d'un pas déterminé vers l'entraîneur des Tonnerres. Son air renfrogné laisse deviner qu'il ne fera pas dans la dentelle. Et le fait de marcher sur la glace en chaussures ne semble nullement freiner son ardeur.

Mais à peine a-t-il fait quelques pas que ses pieds glissent et se dérobent sous lui. Un peu comme dans les dessins animés, il tente de se rattraper en esquissant une pirouette complexe, puis atterrit violemment sur le derrière.

— Ouille! dit Louis en grimaçant.

Je partage son avis.

Vite, je patine vers l'entraîneur et me penche pour lui demander si tout va bien.

Il se frotte le bas du dos. À en juger par son visage crispé et par les gémissements qu'il laisse échapper, la réponse est manifestement négative.

Quelques instants plus tard, des parents le rejoignent sur la glace. L'entraîneur répond à leurs questions par des grognements et ne parvient finalement à articuler que deux mots : « Ça alors ».

J'ai l'impression qu'il allait dire quelque chose de bien pire et en voyant la mine soulagée des parents, je comprends qu'ils ont dû partager ma crainte.

— Il va falloir appeler une ambulance, dit Maurice.

Maurice joue dans la ligue des vétérans du mercredi soir et vient nous encourager à chaque partie ou presque.

— Est-ce que quelqu'un aurait un cellulaire? demande-t-il.

Évidemment, mes parents n'en ont pas parce qu'ils préfèrent vivre à l'âge des ténèbres et celui de ma sœur se recharge en ce moment à la maison.

Ça alors! Qui aurait cru qu'elle pouvait respirer sans son téléphone!

— Aargh! grogne l'entraîneur en grimaçant de douleur.

— Y a-t-il un médecin dans la salle? tonne une voix dans le haut-parleur.

Je n'avais jamais entendu cette question posée sérieusement!

— Oui, moi! dit un homme que je ne reconnais pas.

Il se lève, puis paraît changer d'avis.

— En fait, je suis vétérinaire, dit-il.

L'entraîneur gémit de nouveau et l'homme se rassoit. Il semble regretter de ne pas être vraiment médecin.

Les ambulanciers emmènent notre entraîneur sur une civière et nous restons tous plantés là.

— Bien joué, Bosco, dit Colin en levant les yeux au ciel.

— Si tu as quelque chose à me dire, ne te gêne pas, ronchonne Bosco.

— Je viens de te le dire, marmonne Colin. *Bien joué*.

Bosco regarde tous les coéquipiers et je suis sûr qu'il lit comme moi la frustration sur chaque visage.

Je voudrais me porter à sa défense puisqu'il est en quelque sorte devenu un ami au fil de nos séances de tutorat en maths. D'un autre côté, je sais que je serais le seul à plaider sa cause pour un geste qu'il n'aurait pas dû faire, à mon avis. Assaut? C'est trop nul.

Alors, je ne dis rien.

— On ne peut pas toujours gagner, fait remarquer mon père à voix basse.

Comme si ça arrangeait les choses.

— C'est moche, dit Louis en soupirant. Maintenant, notre entraîneur est vraiment mal en point.

— Et nous, qu'est-ce qu'on va faire? demande Patrick.

Nous regardons les joueurs des Tonnerres se diriger vers le vestiaire réservé aux visiteurs en se tapant mutuellement dans les mains sans arrêt.

Je hausse les épaules :

— On va rentrer chez nous.

— Non, je veux dire l'équipe, reprend Patrick. Nous avons deux entraînements cette semaine et nous jouons contre Nanaimo samedi prochain.

Zut!

— Il vaut peut-être mieux annuler en attendant d'avoir des nouvelles de l'entraîneur, dit la mère de Christophe.

— Non, il nous faut seulement un remplaçant, lui répond son mari.

— Qui, alors? Toi? dit-elle en riant.

— Non, mais quelqu'un d'autre pourrait le faire.

Au cours des dix secondes qui suivent, on n'entend plus qu'un groupe de pères se lamenter et expliquer à quel point ils croulent sous le travail.

C'est alors que j'entends la voix de mon père s'élever au-dessus des autres :

— Je peux m'en occuper.

Voilà qui me redonne le sourire.

Chapitre deux

Sur le chemin du retour, je constate que maman ne semble pas aussi emballée que moi à la perspective de voir papa remplacer l'entraîneur O'Neal.

— Tu es sûr d'avoir assez de temps, mon chéri? lui demande-t-elle. Ton horaire est assez chargé ces derniers temps. Peux-tu vraiment le faire?

— Remplacer l'entraîneur durant quelques entraînements? répond papa en riant. Tout à fait. Ce sera amusant.

C'est ce que je me dis, moi aussi. J'ai toujours été fier du fait qu'avant ma naissance, papa ait été recruté par les Flames. Sa carrière a pris fin lorsqu'il a reçu une rondelle près d'un œil. Il a alors travaillé un certain temps comme arbitre dans la ligue de hockey junior, ce qui était aussi très chouette, mais pas autant que de devenir joueur professionnel, évidemment. Ce n'est pas sa faute, s'il a dû quitter les Flames (sauf qu'il ne portait pas de casque lorsque l'accident s'est produit et *ça*, par contre, c'était vraiment sa faute).

Bref, je sais que papa sera un remplaçant formidable jusqu'au retour de l'entraîneur O'Neal. Et la pensée que mes camarades verront à quel point il s'y connaît en hockey me donne encore plus envie que d'habitude de me retrouver sur la patinoire.

Ce qui n'est pas peu dire.

— Tu vas devoir te lever à cinq heures demain matin, Paul,

fait remarquer maman.

— Mission impossible, mon capitaine! lance papa en faisant un salut militaire grotesque.

— Bon, aurais-tu *l'obligeance* d'éviter ce genre de simagrées en public? grogne ma sœur, assise à côté de moi sur la banquette arrière.

Virginie a seize ans et rien sur la planète n'est assez cool pour elle.

— Quelles simagrées? s'enquiert papa en lui jetant un coup d'œil dans le rétroviseur.

— Je ne sais pas. Tous ces trucs, dit-elle en soupirant. Parler, chanter... tout ça.

Les sourcils de papa montent d'un cran.

— Je ne peux même pas parler? Bon sang! Et la façon dont je respire, ça te va?

— Pas si c'est par la bouche, laisse-t-elle tomber en regardant par la fenêtre.

— Paf! Mon compte est bon! dit papa.

Il se tourne vers maman et ajoute :

— Pourtant, j'étais pas mal dans le coup, avant, tu sais.

— Franchement, papa. Oublie cette expression de l'âge des cavernes, déclare dédaigneusement ma sœur.

— Je sais que tu étais dans le coup, mon chéri, dit maman en allongeant le bras et en lui tapotant le genou, mais c'était il y a longtemps.

— Paf et repaf! dit papa en riant.

— Moi, je trouve que tu es dans le coup, papa, lui dis-je.

— Merci, Croquette.

Il me sourit dans le rétroviseur.

Entre gars, il faut bien se serrer les coudes de temps à autre!

* * *

En arrivant à la maison, je monte prendre une douche bien chaude et me débarrasser de toute cette sueur. Incroyable qu'après une seule partie, mon uniforme et moi puissions dégager une odeur aussi forte.

Puis je me dirige vers ma chambre, où ma mère m'attend

avec un sac de la librairie.

Le quatrième volume de *Et c'est le but!* Il faut que ce soit ça!

— Tu es allée le chercher!

— Hier, dit-elle.

— Et tu ne me l'as pas dit?

Comment a-t-elle pu me cacher ça, surtout en sachant combien j'attache d'importance à ce livre. Je l'attendais avec tant d'impatience!

— Tu avais des devoirs de maths à faire.

L'argument massue. D'autant que je ne les ai pas encore finis.

Même si c'était en octobre dernier que j'aurais vraiment eu besoin du quatrième volume, alors que j'essayais de remporter le concours de Radio-Hockey, j'ai hâte de le lire.

— Génial, dis-je, lorsque maman me tend le sac.

J'en sors le volumineux ouvrage et je souris en posant les yeux sur la couverture. Le logo de la LNH y figure en gros plan, formé de centaines de mini logos de chacune des équipes de la ligue.

Tellement chouette!

Je me mets à feuilleter l'album.

— Je vais...

— Le lire plus tard, dit maman. Les devoirs d'abord, mon chéri.

Zut. Je referme le livre en soupirant et le laisse sur mon lit. Je sais d'expérience que ma mère est parfaitement capable de me le confisquer. Et après avoir frôlé la catastrophe le mois dernier, je sais aussi que mon enseignant de maths, M. Houle, a quant à lui le pouvoir de me priver de hockey durant toute la saison.

Et je ne tiens pas du tout à mettre leurs limites à l'épreuve.

Lorsque maman me laisse seul dans ma chambre, je regarde les murs tapissés d'affiches et tous les autres objets liés au hockey qui décorent la pièce. Une photo de mon « refuge » ferait une excellente couverture pour le prochain volume de *Et c'est le but!*

En fait, compte tenu du nombre d'images et d'articles sur Jean Ducette qui se trouvent affichés, la photo conviendrait davantage à la couverture d'un livre dédié à cette légende du hockey.

Il s'agirait d'une biographie tout comme celles que je possède sur Gretzky et sur Gordie Howe dans ma bibliothèque de hockey personnelle. En fait, cette bibliothèque ne contient pour l'instant qu'une étagère, mais elle s'enrichit rapidement.

En plus des livres, la pièce maîtresse de ma collection d'objets reliés au hockey est certainement le chandail que Ducette a signé lorsque j'ai fait sa connaissance. C'était durant une partie des Canucks à laquelle j'ai assisté après avoir remporté le concours de Radio-Hockey. Je venais de rater un tir au but depuis le centre de la patinoire et de perdre ainsi le premier prix, mais c'était sans importance.

La présence de Jean Ducette m'avait fait oublier mon échec.

Enfin, presque.

Il est assurément mon grand héros.

Je me laisse tomber sur mon lit et commence à parcourir ma nouvelle bible du hockey. Mais je m'arrête aussitôt.

Les maths d'abord. Point à la ligne.

Sinon, maman ne se contentera pas de confisquer le livre : elle m'empêchera d'écouter la partie ce soir, et le fait que Louis soit chez nous n'y changera rien.

Même si je n'en ai pas la moindre envie, j'ouvre donc mon manuel de maths. Comme d'habitude, le devoir m'apparaît aussi mystérieux qu'une suite de hiéroglyphes.

Heureusement, je ne suis pas tout à fait condamné à l'échec puisqu'Émile Bosco m'aide à m'en sortir. N'empêche. En jetant un coup d'œil au manuel, je ne me sens pas vraiment tiré d'affaire.

Je prends une grande inspiration, puis j'attaque la première question. Si seulement Émile était là pour m'indiquer les étapes à suivre! Grâce à ses explications, tout devient toujours plus clair. C'est quand même étrange. Je ne pensais pas qu'un génie soit capable d'expliquer aussi simplement les choses.

Après environ une heure, mon cerveau réclame une pause. J'examine donc l'horaire des Cougars que j'ai fixé à mon tableau d'affichage, à côté de ma photo préférée de Jean Ducette.

Le mois qui vient s'annonce bien. D'accord, nous avons déjà perdu contre les Tonnerres, mais nous disputons la prochaine partie contre Nanaimo, qui nous donne en général du fil à retordre. Les résultats de la saison dernière indiquent que nous ne les avons battus au classement que d'une petite longueur, ce qui signifie que nous allons devoir nous surpasser pendant ce match.

Après l'équipe de Nanaimo vient celle des Aigles d'Esquimalt, la dernière au classement sur l'île. Le hockey n'est jamais de la rigolade, mais jouer contre les Aigles y ressemble.

Nous affrontons ensuite les Mouettes de Sooke, dont le nom un peu ridicule ne rend pas justice à leur talent. Après nous et l'équipe du Littoral pour laquelle Bosco jouait avant de déménager, les joueurs des Mouettes sont sans doute les meilleurs de l'île.

Nous avons du pain sur la planche et ce sera bizarre de jouer sans notre entraîneur, mais je sais que papa sera notre arme secrète.

* * *

En soirée, Louis vient à la maison regarder la partie qui oppose ses Red Wings aux Blackhawks. Enfin un moment de détente!

Mais pas pour Louis!

Comme d'habitude, il arbore l'uniforme du parfait partisan : pantalon molletonné, tee-shirt, kangourou et même, tuque des Red Wings.

Bien entendu, il dégouline de sueur après les six premières minutes de jeu.

Je lui fais remarquer qu'il peut se permettre d'en ôter un peu.

— Pas question! répond-il. Ce sont mes vêtements porte-bonheurs.

Papa et moi nous contentons de secouer la tête.

Puis, j'insiste un peu, et je montre du doigt le désodorisant en forme de chandail qui lui pend au cou et qui empeste la cerise :

— Même ça?

— Ouais!

— Tu prends la chose très au sérieux, dit papa.

— Je n'ai pas le choix, M. McDonald, dit mon copain.

Soufflant sur ses mains pour les rafraîchir un peu avant de remettre ses mitaines des Red Wings, il ajoute :

— Si j'enlève quelque chose, ils risquent de perdre.

— Je vois, dit papa.

Je devine qu'il essaie de ne pas rire.

Lorsque papa se lève pour aller chercher des boissons qui accompagneront le gros sac de croustilles ondulées que maman a acheté (incroyable, mais vrai), Louis se tourne vers moi :

— Je me demande pendant combien de temps l'entraîneur sera absent.

— Je ne sais pas, dis-je en haussant les épaules.

— Nous avons des parties importantes à jouer.

— Oui, Nanaimo en fin de semaine, ensuite Esquimalt, et...

— Au moins, nous ne jouerons pas contre le Littoral avant un bon moment.

Je lui rappelle que nous les avons battus, la dernière fois.

En fait, je n'étais pas sur la patinoire durant cette partie. L'équipe des Requins est la plus puissante de la ligue et l'entraîneur O'Neal garde toujours ses plus petits joueurs (c'est-à-dire moi) sur le banc durant cette partie.

— Mais Nanaimo est une bonne équipe.

— Je sais, Louis. Je joue dans la ligue depuis que je suis venu au monde.

— D'accord, rétorque-t-il à mi-voix. Mais je veux seulement dire que la partie va être serrée.

— Évidemment.

J'allonge le bras vers les croustilles en espérant que papa rapportera bientôt les boissons.

— Et si l'entraîneur n'est pas de retour…

— Mon père va s'en charger, dis-je.

— Est-ce qu'il va en être capable?

Je me tourne vers mon ami et lui demande :

— Capable de quoi?

Il est tout rouge. Est-ce parce qu'il crève de chaleur, ou parce qu'il se sent mal à l'aise d'avoir posé cette question? Je redemande.

— Capable de quoi?

— Tu le sais… est-ce qu'il va être capable de nous préparer pour cette partie?

— Il a presque joué dans la LNH, mon gars!

Louis acquiesce, encore plus rouge.

— Je sais, il l'a *presque* fait, mais là, c'est d'entraînement qu'il s'agit.

— Il a arbitré pendant dix ans!

— Oui, c'est génial bien sûr, mais je crois que d'entraîner une équipe… c'est autre chose.

Je le fixe un instant. Louis n'est pas vraiment du genre à élaborer ses propres théories.

— C'est vraiment *toi*, qui crois ça… ou *quelqu'un d'autre*?

Il grimace.

— Eh bien, mon père a dit…

— Qu'il préférerait s'occuper lui-même de l'équipe jusqu'au retour de l'entraîneur?

M. Claveau aime le hockey, mais je suis assez certain qu'il n'a jamais joué, même durant son enfance.

— Non, parce que…

— Parce qu'à ma connaissance, le seul gars qui a proposé de nous aider, c'était mon père.

Louis paraît mal à l'aise.

— Je sais.

— Il va faire du super boulot, je t'assure. Et ne t'inquiète pas au sujet de la partie contre les Requins. Papa va remplacer le temps d'un entraînement ou deux et ensuite, l'entraîneur O'Neal va revenir.

Louis hoche la tête.

— Je suis sûr qu'il va faire du bon travail. Je m'excuse, Croquette. Je n'aurais pas dû dire ça.

— Ça va, lui dis-je en lui tendant le bol de croustilles.

— Parfois, mon père est un peu...

— C'est bon, Louis. Tout va bien.

Papa revient alors avec trois boissons gazeuses.

Je suis abasourdi de constater que maman a cédé là-dessus. Elle est nutritionniste et se passionne autant pour les aliments santé que moi pour le hockey.

Ce n'est pas peu dire.

— Qu'est-ce que j'ai manqué? s'informe papa.

— Rien, lui dis-je. La série de messages publicitaires vient de se terminer.

Pendant que nous regardons la partie, je repense à ce qu'a dit Louis à propos du fait que d'entraîner une équipe n'est pas la même chose que de jouer ou d'arbitrer. J'aurais préféré que son père n'ait pas dit ça.

Bien sûr, l'avis de M. Claveau est sans importance puisque je sais que papa fera un parfait entraîneur substitut. Et tout le monde verra à quel point il est chouette dans quelques petites heures.

* * *

Lorsque mon réveil sonne à cinq heures le lendemain matin, je ne l'entends sans doute pas tout de suite. Du moins, si j'en juge par les coups de poing répétés de Virginie sur le mur qui sépare nos chambres et par les cris qu'elle me lance en m'ordonnant de faire cesser ce tapage.

On se calme!

Quelle que soit l'heure de la journée, je tiens rarement à me trouver dans son entourage immédiat, et en particulier le matin. Si à huit heures, elle a l'air d'un rhinocéros en furie, imaginez à quoi elle peut ressembler avant six heures!

J'appuie sur le bouton d'arrêt du réveil, saute hors du lit et me dirige droit vers la douche.

Je croise papa dans le couloir. Ses cheveux se dressent dans tous les sens et il se frotte les yeux.

— Oh, tu es debout.

Sèche et rauque, sa voix semble sortir du fond d'une caverne.

— Ouais!

— J'allais justement te réveiller.

— C'est déjà fait, dis-je. J'ai un réveil.

— C'est vrai, dit papa.

Il s'étire en bâillant.

— Pendant que tu es sous la douche, je crois que je vais me recoucher quelques minutes.

Mais qu'est-ce qu'il raconte, là?

— Euh... d'habitude, maman prépare le déjeuner pendant que je me douche.

Il écarquille les yeux.

— Elle fait ça?

— Oui, parce qu'il faut partir à cinq heures trente.

— D'accord, dit-il en hochant la tête. Cinq heures trente. Je m'en occupe.

Lorsqu'il disparaît dans l'escalier, je reprends la direction de la salle de bains. Je jette un coup d'œil au passage à la porte de la chambre de mes parents en regrettant un peu que ce soit au tour de maman de dormir. J'avais pris l'habitude de me trouver seul avec elle les matins d'entraînement.

Nous avions une routine qui fonctionnait au quart de tour.

Mais papa et moi allons peut-être nous en créer une aussi.

Une fois sous l'eau chaude, je me détends en me disant à quel point ce sera bien d'avoir papa comme entraîneur, même si ce n'est que pour quelques jours. J'aimerais qu'il remplace l'entraîneur plus longtemps parce qu'il va miser sur mes forces et je sens que je vais compter des buts spectaculaires.

Bosco et moi nous répartissons également le temps de jeu à l'aile droite et formons un solide tandem, mais une minute ou deux de plus sur la glace ne nuirait pas à mes résultats. Si papa est aux commandes, j'aurai peut-être l'occasion rêvée de prendre les devants.

J'ai déjà hâte de supplanter Bosco.

Je me sèche, enfile mes vêtements molletonnés et attrape mes manuels scolaires au passage avant de descendre.

En entrant dans la cuisine, je trouve papa attablé devant un café et absorbé dans la lecture du journal d'hier.

Je cherche la trace d'un bagel ou d'un muffin anglais grillé sur le comptoir, mais ne trouve qu'un bol de...

— Gruau! annonce papa comme s'il s'agissait d'une bonne nouvelle.

— Oh.

J'apporte le bol à la table et m'assois devant lui.

— Ça colle à l'estomac, dit-il en tournant une page.

Je constate en essayant de soulever ma cuillère que son mélange colle en fait à tout...

— Merci, papa.

— Pas de quoi.

Dès la première bouchée, je sens qu'il va me falloir du liquide pour faire descendre le gruau. En allant chercher du lait au frigo, j'aperçois l'heure sur le micro-ondes.

— Il est et quart, papa.

— Hmm, dit-il en poursuivant sa lecture.

— Si tu veux prendre une douche...

— C'est vrai, dit-il en repliant le journal et en avalant d'un trait les dernières gorgées de son café. Je reviens dans quelques minutes.

Il se douche à la vitesse de l'éclair et je viens à peine de remplir le lave-vaisselle lorsqu'il redescend.

— Super, ton chandail, dis-je, content de le voir porter son classique chandail des Nordiques pour l'entraînement. Tu es prêt?

— Absolument! dit-il. Je prends mes patins et on y va.

Il ouvre la porte du garage, ce qui ne laisse rien présager de bon. L'endroit est rempli à craquer, à tel point que j'aurais du mal à y retrouver une auto, s'il y avait suffisamment d'espace pour en mettre une.

Je n'ai jamais vu de patins dans ce fouillis.

Jamais.

En jetant un coup d'œil vers le micro-ondes, je demande :

— Est-ce que tu sais où ils sont?

Bon sang.

Nous ne pouvons pas être en retard pour son tout premier entraînement!

— Ouais, je crois qu'ils sont suspendus près de mon établi.

Il y a un établi? Enfoui sous ce tas d'objets?

Pendant que papa tente de repérer les patins en question, je passe chercher mon sac de hockey dans le vestibule. Il est si lourd que j'arrive à peine à le soulever. En attendant papa, appuyé contre le comptoir de la cuisine, je me demande pourquoi maman ne lui a pas suggéré de préparer ses affaires hier soir.

Pourtant, elle m'oblige toujours à le faire.

Heureusement, lorsque papa finit par retrouver ses patins nous ne sommes en retard que de deux minutes. Il saisit ses clés et se dirige vers la porte.

— Euh, papa? Où est mon dîner?

— Ton quoi? demande-t-il en tournant la poignée.

— Mon dîner. Pour l'école.

— Je pensais que tu l'avais fait pendant que j'étais sous la douche.

— Je pensais que tu l'avais préparé pendant que le déjeuner cuisait. C'est ce que fait maman.

— C'est ce qu'elle fait? dit-il en soupirant. Écoute, tu pourrais manger à l'école pour aujourd'hui, et...

— Maman n'aime pas que je...

— Faut-il qu'elle soit au courant de tout?

Je souris.

— Peut-être pas.

À vrai dire, cet arrangement me convient très bien. À la cafétéria, on sert parfois des frites. C'est mieux qu'un dîner de maman!

Sur le chemin de l'aréna, une petite inquiétude commence à me gagner à l'idée que papa ne savait même pas où se trouvaient ses patins.

Depuis combien de temps est-ce qu'il n'a pas joué au hockey, ou même seulement patiné?

J'ai un peu le trac pour nous deux.

Mais lorsqu'il se met à parler de stratégie et des idées qu'il a pour améliorer l'équipe, je me dis que même s'il n'a pas patiné depuis longtemps, ça n'a aucune importance.

Il n'a peut-être pas parfaitement maîtrisé la routine du matin à la maison, mais je suis ridicule de m'inquiéter de ce qui se passera sur la patinoire.

Lorsqu'il est question de hockey, mon père sait très bien ce qu'il fait.

Chapitre trois

En arrivant à l'aréna, je me dirige vers le vestiaire pour revêtir mon équipement, alors que papa se rend à la patinoire.

Dans le couloir, j'entends les gars qui rigolent et je sais qu'ils vont se moquer de moi parce que j'arrive à la dernière minute.

— Hééé, le voici! lance Jules au moment où j'entre dans la pièce.

— Hum, hum, dis-je en ouvrant mon sac que j'ai largué sur le banc.

— On a fait la grasse matinée? demande Patrick.

— Je suppose, dis-je en haussant les épaules.

Je ne tiens pas à révéler que c'est papa qui nous a retardés en cherchant ses vieux patins.

— C'est génial, que ton père s'occupe de l'entraînement aujourd'hui, dit Antoine en se dirigeant vers la porte.

David et Patrick déclarent tous les deux que c'est génial en effet, mais le seul avis que je souhaite entendre est celui de Bosco.

Il ne parle pas beaucoup, mais quand il s'exprime, les autres l'écoutent. Et comme il a vu ma famille en action durant nos trop nombreuses séances de tutorat, je voudrais vraiment que ce soit lui qui affirme que papa fera un boulot formidable.

Mais il reste muet.

En fait, il finit de lacer ses patins et s'apprête à sortir

derrière Antoine.

Louis reste là pendant que je m'habille.

— Nous allons faire nos exercices habituels, hein? me demande-t-il en me tendant mon chandail une fois mes épaulettes bien en place.

Qu'est-ce que c'est que cette question?

— Ça reste du hockey, Louis. Peu importe qui est l'entraîneur.

— Super, dit-il en souriant. Je n'aime pas qu'il y ait trop de changements.

Je lui réponds en riant :

— Ah, c'est pour ça que tu ne changes jamais de chaussettes!

Je lui donne un coup de poing amical sur l'épaule avant de retirer de mon sac le casque le plus génial de la planète. Ses flammes rouge et noir sont parfaitement assorties à mon uniforme des Cougars. J'arrive à peine à croire qu'il m'appartient.

— Très drôle, répond-il en me rendant le coup de poing. Bon. Est-ce qu'on y va, maintenant?

— Allons-y, dis-je en le devançant.

Plus je m'approche de la patinoire, plus j'ai le trac.

Pour tout dire, les Cougars possèdent l'une des meilleures formations de départ de la ligue et j'adore jouer avec ces gars.

Je suis le joueur le plus petit de l'équipe (et de la ligue, et de mon niveau à l'école, et de la planète, à ce qu'il me semble parfois), mais je suis l'un des plus rapides. Ce que je n'ai pas en hauteur, je l'ai en force. Et notre géant, Bosco? C'est une bête! Mis à part le fait que ses aptitudes sont presque aussi immenses que son corps, il est rapide, manie formidablement le bâton et se montre aussi fonceur que moi. Il a dû quitter les Requins du Littoral quand sa famille a emménagé à Cutter Bay et même si je ne l'aimais pas beaucoup au départ, il a gagné mon respect.

Et ce n'était pas son intention, puisqu'il se fiche éperdument de ce que les autres pensent de lui.

Je voudrais parfois lui ressembler sur ce point.

Notre ailier gauche est Colin Berger. Nous jouons ensemble depuis l'âge de cinq ans environ. Il est habile et je peux toujours compter sur lui dans le feu de l'action.

Jules Michaud joue au centre. Il ne manque jamais de s'emparer de la rondelle au moment de la mise en jeu. Colin est son grand ami, mais il s'entend bien avec tout le monde. Jules compte parmi les gars les plus forts de l'équipe et son haleine aussi — la pire de l'île —, sans doute parce qu'il mange de la viande séchée de bœuf au déjeuner.

Vraiment dégueu.

Louis Claveau, mon meilleur ami dans l'équipe, joue à la défense avec Patrick Chen. Tous deux sont sympathiques et de bons joueurs. Louis carbure vraiment, cette saison. Il arrive enfin à se montrer aussi enthousiaste sur la patinoire qu'il l'est lorsqu'il regarde ses chers Red Wings jouer à la télé.

C'est tout dire.

Notre équipe comprend aussi les triplés Watson, qui jouent respectivement à l'aile gauche, au centre et à la défense. Puisque personne n'arrive à les distinguer, difficile de dire lequel joue à l'une ou l'autre position, mais ils font tous du bon boulot. Du moins, je crois qu'ils sont bons tous les trois.

David McCafferty l'ébouriffé remplace à la défense quand on en a besoin (et lorsqu'il est réveillé).

Notre position la plus faible est sans doute celle du gardien de but (c'est évident — Christophe Faucher ferme les yeux quand nous faisons des tirs au but durant les entraînements). Notre ancien gardien Jason est déménagé à Calgary avec sa famille, ce qui a créé le plus grand vide de l'histoire des Cougars. Nous nous sommes retrouvés à faire la rotation dans les buts entre Christophe et nos joueurs inutilisés. Jérémie Samson déteste cette position et les autres substituts, Timothée Charron et Antoine Bélanger, font depuis toujours partie de l'équipe, mais ne jouent pas beaucoup. Tim a parfois des ennuis avec un genou et Antoine n'a pas vraiment la fibre d'un athlète. Ils passent tous les deux plus de temps à discuter des résultats des équipes de la LNH que d'autre chose.

* * *

Lorsque nous arrivons sur la patinoire, papa se trouve debout au centre.

— Vous savez tous, je crois, que je suis le père de Croquette et que je remplace l'entraîneur O'Neal.

Comme il tient son sifflet entre les dents tout en parlant, nous avons du mal à le comprendre.

— Quand revient-il? demande Louis.

— Je ne sais pas trop, répond papa en laissant enfin tomber son sifflet. Il est à l'hôpital et les médecins évaluent l'état de son dos.

— Est-ce qu'il sera revenu pour la partie de samedi? demande encore Louis.

Je lui chuchote :

— Il vient de dire qu'il ne le sait pas.

Louis hoche la tête.

— Nous ne tarderons pas à le savoir, dit papa. S'il ne peut pas être présent, je le remplacerai.

— Super, dit Jules. Vous avez vraiment joué pour les Flames, M. McDonald?

Papa me regarde, sourcils levés.

— Non, dit-il.

Je me défends :

— Ce n'est pas ce que j'ai dit!

Il explique :

— J'ai été *recruté* par les Flames, puis j'ai eu un accident qui m'a fait perdre une partie de ma vision.

— Quel genre d'accident? demande Patrick.

Je marmonne à l'intention de Louis :

— Est-ce qu'on ne pourrait pas juste commencer à jouer?

— J'ai reçu une rondelle et je ne portais pas de casque.

— Hein? s'écrient tous les gars d'une seule voix.

— Je ne jouais pas quand ça s'est produit, poursuit papa. Je faisais une pause sur la glace.

— Est-ce que le joueur a fait ça volontairement? demande Louis.

Oh, bonté divine.

— Non, dit papa en soupirant.

Je sens que les questions commencent à l'ennuyer, lui aussi. Il ajoute :

— C'était un *accident*. Voilà pourquoi il est important de toujours porter son équipement, et de regarder ce qui se passe autour de soi.

— Alors si... commence Louis, mais je lui fiche un coup de coude.

— Bon, au travail, à présent! lance papa.

Il nous demande de faire quelques tours de patinoire en guise d'échauffement. C'est exactement la façon dont l'entraîneur O'Neal commence chaque séance.

Louis semble soulagé.

L'équipe démarre en peloton, mais certains (moi, par exemple) patinent plus rapidement et se détachent immédiatement du groupe. Bosco et moi tenons habituellement le même rythme et je me suis habitué à patiner à ses côtés. Il ne dit jamais grand-chose, mais ça me va. Je dois garder mon souffle pour des choses plus importantes... comme respirer.

J'y vais à fond, mais j'aime me pousser autant que je le peux. Aucun son n'égale celui du crissement des lames de patin sur la glace et de toute l'équipe qui halète derrière moi. Je compte les tours au passage en espérant que papa n'exagérera pas.

— On termine! annonce-t-il après quelques minutes. Il vous reste un dernier tour!

Bosco et moi poussons alors au maximum et je sens l'air froid qui me gèle les poumons lorsque j'essaie de reprendre haleine. Nous terminons premiers à tour de rôle, mais nous nous suivons toujours de près.

— Beau travail! déclare papa.

Je souris et patine encore plus vite pour que papa me voie finir devant tous les autres gars. Et surtout Bosco.

Je veux être le meilleur, même s'il ne s'agit que d'un exercice.

Et grâce à un dernier effort, j'y arrive.

Ouais! Je voudrais lever le poing de la victoire haut dans

les airs, mais je me retiens et me penche plutôt en posant les mains sur les genoux et en patinant au ralenti quelques secondes, histoire de ramener les battements de mon cœur à la normale.

— Belle vitesse, me dit Émile, qui reprend lui aussi son souffle en patinant à mes côtés. Tu as mangé des céréales énergisantes, ce matin!

— Merci, dis-je en songeant au gruau collé à mon estomac.

Lorsque les autres terminent leurs tours de patinoire, papa nous répartit par groupes de trois.

— Où sont les cônes? me chuchote Louis. L'entraîneur sort les cônes, d'habitude, à cette étape-ci.

— Relaxe, lui dis-je.

— Chaque groupe forme un cercle, dit papa.

— Un cercle? chuchote Louis comme s'il ne savait pas ce que c'était.

— Est-ce que vous voulez dire un triangle? demande Jules. C'est que nous sommes trois?

— D'accord, dit papa. Cercle, triangle, comme vous voulez, pour autant que vous vous éloigniez les uns des autres.

Je suis avec Colin et McCafferty, qui pour une fois a l'air réveillé.

Papa passe une rondelle à chaque groupe.

— Nous allons faire un exercice d'adresse.

J'entends Louis réagir :

— Hein?

— Un exercice d'adresse, répète papa. Je veux qu'un des gars de chaque groupe prenne la rondelle.

Dès qu'il a terminé sa phrase, je m'empare de notre rondelle.

— À présent, vous commencez tous à patiner lentement en cercle.

Mon groupe se met à patiner et j'entends Louis faire remarquer que l'entraîneur ne nous donne jamais cet exercice.

Personne ne l'écoute et chacun se concentre sur ce qu'il doit faire.

— Au coup de sifflet, le joueur qui a la rondelle la passe à celui qui se trouve derrière lui.

Avant que les gars aient le temps de poser la moindre question, papa s'empresse de siffler.

Nous nous trouvons dans un angle étrange pour faire une passe, mais je pousse la rondelle vers Colin et nous continuons de patiner.

Quelques secondes plus tard, papa siffle de nouveau et Colin fait la passe à McCafferty.

Je constate que certains groupes ont déjà perdu leur rondelle. Papa attend que tous aient repris leur place avant de siffler encore une fois.

Puis une autre.

Plus rapidement.

Plus rapidement encore.

Tout en faisant l'exercice, mon groupe arrive petit à petit à mieux maîtriser ces angles bizarres et chacune des passes atteint son objectif.

— C'est bon, dit l'ébouriffé lorsque Colin lui passe la rondelle.

— Si je vous donne cet exercice, c'est pour vous habituer à faire une passe même quand vous n'êtes pas très bien placés, explique papa. Parce que pour gagner, il est essentiel de se faire des passes.

Bien sûr, il a raison. Nous aimons tous être celui qui compte, mais il n'est pas toujours possible de tirer directement au but. Je cherche toujours à faire la passe à la personne qui se trouve devant moi ou à côté, mais passer au joueur qui se trouve derrière est beaucoup plus sensé.

Je vois que les autres aiment bien cette idée eux aussi.

Génial.

Papa siffle deux coups brefs pour mettre fin à l'exercice, puis il combine les groupes pour obtenir deux équipes de six joueurs.

J'observe Louis du coin de l'œil. Il semble encore un peu inquiet.

Papa nous demande de former de plus grands cercles et de continuer à nous passer la rondelle entre nous.

— Il est tout aussi important de pouvoir faire des passes en position stationnaire, dit-il.

— En position quoi? demande Jules.

— Quand on ne bouge pas, dit Bosco.

— Est-ce qu'il faut aller dans le sens des aiguilles d'une montre? demande Patrick.

— Non. Vous pouvez passer à n'importe qui n'importe quand.

Mon père siffle et Jules fait une passe à Colin. Nouveau coup de sifflet : Colin m'envoie la rondelle, que je fais à mon tour glisser vers Bosco, qui la transmet à Patrick et ainsi de suite durant un moment qui paraît interminable.

— Bon maniement du bâton, Louis, dit papa. Toi aussi, McCafferty.

J'attends qu'il me nomme également, mais ça ne vient pas.

Humm.

Il ne tient probablement pas à ce qu'on l'accuse de favoritisme.

Et il a raison.

— Maintenant, je veux que l'un de vous se place au milieu du cercle et essaie de voler la rondelle.

— Pour apprendre à éloigner la rondelle, dit Jules en hochant la tête.

— Je dirais plutôt pour apprendre à faire la passe sous pression, rectifie papa.

J'aime ça. « Faire la passe sous pression » semble bien plus cool.

— On peut y aller! dit Colin en patinant jusqu'au milieu du cercle.

Papa siffle le début de l'exercice et un feu roulant de passes s'ensuit. Nous arrivons à conserver la rondelle durant tout le temps où Colin occupe le centre du cercle, puis papa nous demande d'y placer un nouveau joueur. Jules prend la relève et ôte la rondelle à Patrick en moins de deux.

L'exercice se déroule de façon assez intense à l'intérieur de mon groupe et selon ce que j'entends, les membres de l'autre groupe y mettent beaucoup d'énergie eux aussi.

Lorsqu'arrive mon tour, je me précipite vers chaque joueur qui a la rondelle, mais je n'arrive pas à la prendre. Ça me rend dingue! Papa siffle et je suis assez déçu d'avoir échoué, surtout que c'est maintenant le tour de Bosco. Il s'empare de la rondelle aussitôt que Colin la passe à Louis, puis deux autres fois encore.

Zut!

Au soulagement manifeste de Louis, une fois l'exercice des passes sous pression terminé, papa sort les cônes orange et les aligne en direction du filet. Comme il s'agit de l'un des exercices habituels de l'entraîneur O'Neal, nous savons tous ce que nous devons faire.

L'un après l'autre, nous faisons des allers-retours entre les cônes alignés et lorsque nous arrivons à la fin de la ligne, nous lançons la rondelle dans le but vide.

Je réussis tous mes buts, sauf un.

Bosco les marque tous.

Bien sûr, il est un peu devenu mon ami et il m'aide toujours énormément en maths, mais j'estime qu'être meilleur que lui sur la patinoire est d'autant plus important.

Après tout, il semble dominer partout ailleurs!

Lorsque nous terminons un ensemble d'exercices qui consistent à patiner aussi rapidement que possible jusqu'à un premier cône, puis à revenir à la ligne des buts pour repartir à fond de train vers le cône suivant et ainsi de suite jusqu'au cône le plus éloigné, je suis en nage.

Ces exercices exécutés avec les cônes sont parmi les plus difficiles. J'en sors chaque fois complètement épuisé, mais je sais à quel point ils m'aident à devenir rapide.

Papa siffle et nous le rejoignons au centre de la patinoire.

— Beau travail, les gars, dit-il en souriant. Je vous retrouve ici mercredi matin.

Silence complet. Plus personne ne bouge.

Mais qu'est-ce qu'il fait?

Je jette un coup d'œil à l'horloge et lorsque je constate que notre temps est écoulé, je reste bouche bée comme tous les autres.

— Mais le jeu dirigé, alors? demande Louis.

Il n'en fallait pas plus pour qu'au moins cinq autres gars renchérissent.

— Nous devrions pouvoir insérer une période de jeu dirigé à l'entraînement de mercredi, dit papa comme si c'était tout à fait acceptable.

Puis il se met à empiler les cônes orange.

Patrick est abasourdi :

— Nous devrions pouvoir?

— Si nous arrivons à terminer tout le reste, dit papa en hochant la tête.

— Mais...

— En tout cas, vous avez tous très bien travaillé aujourd'hui et j'ai hâte au prochain entraînement. Bonne journée.

Il siffle une dernière fois, puis quitte la patinoire.

Louis nous prend tous à témoin :

— Quoi? Pas de jeu dirigé? Mais nous terminons toujours par le jeu dirigé! C'est la partie la plus amusante de l'entraînement!

Évidemment, il a raison, mais aucun des autres gars ne dit quoi que ce soit.

J'ai le sentiment désagréable qu'ils réservent leurs commentaires pour le vestiaire.

Chapitre quatre

Je reste sur la patinoire encore quelques minutes, curieux d'entendre ce que mes coéquipiers ont à dire. Comme eux, je suis surpris d'avoir été privé du jeu dirigé et j'aurais aimé que papa agisse différemment.

Je ne pourrai évidemment pas éviter éternellement de parler aux gars. J'inspire donc profondément et m'engage dans le couloir. J'entends plusieurs voix qui s'élèvent à l'intérieur du vestiaire et prends soin d'expirer avant d'entrer.

Colin est en train de dire quelque chose, mais il s'arrête net en m'apercevant. En fait, tous les gars se tournent et me dévisagent (sauf Bosco, qui continue, comme toujours, de s'occuper de ses affaires).

Je pose mon sac sur le banc et en extrais mon jean et les vêtements que je porterai à l'école, attendant que quelqu'un dise quelque chose.

Rien.

— Qu'est-ce qui lui a pris, à ton père?

Et voilà!

Je regarde Colin en essayant de trouver la meilleure façon de faire face à la situation.

Espérant m'en tirer en jouant les naïfs, je demande :

— Qu'est-ce que tu veux dire?

— Pourquoi est-ce qu'il n'a pas fait de jeu dirigé? insiste Colin.

Je hausse les épaules :

— Je suppose que les autres exercices ont pris tout notre temps.

— Mais on est là pour jouer au hockey, pas pour faire des exercices stupides, dit Jules.

Zut. Moi qui croyais qu'il serait dans mon camp!

Mais est-ce que j'y suis moi-même?

Je me sens aussi déçu que les autres de la façon dont s'est terminé l'entraînement. Mais le dire reviendrait à m'opposer à papa et je ne veux pas faire ça.

Je commence à répondre :

— Je sais...

Mais Bosco me coupe la parole.

— Les exercices ne sont pas stupides, dit-il tranquillement.

Même s'il avait chuchoté, les autres se seraient arrêtés pour l'écouter. Après tout, chacun de nous respecte Bosco, et pas seulement parce qu'il est un géant.

— Mais on ne peut pas passer *tout* notre temps à faire des exercices, reprend Colin.

— S'ils améliorent notre jeu, oui, dit Bosco.

Il soulève son sac, l'accroche à son épaule et quitte le vestiaire.

Les gars restent tous interdits durant une seconde ou deux, se demandant sans doute s'ils vont ou non adopter le point de vue de Bosco.

Les yeux de Louis se posent sur moi, puis sur Colin, comme s'il tentait de prévoir lequel de nous deux allait parler le premier.

Mais nous gardons le silence, nous contentant de nous préparer pour l'école et de remplir nos sacs comme nous le faisons d'habitude.

Je me sens soulagé.

Jusqu'au moment où je quitte le vestiaire et m'arrête au milieu du couloir, l'oreille tendue.

J'entends d'abord Colin dire :

— C'était de la rigolade, ces exercices!

— Moi, j'ai trouvé qu'ils pouvaient nous aider, dit Louis.

Je le remercie intérieurement.

— Je pense que le père de Croquette ne sait pas ce qu'il fait, dit Colin.

J'ai très envie de retourner vers le vestiaire, mais je me retiens et je continue plutôt d'écouter.

— Attendons de voir comment les choses vont se passer mercredi, propose Patrick. Ce n'était que son premier entraînement. Comment pouvait-il savoir ce que nous avons l'habitude de faire?

Je souris, trouvant ces arguments pertinents. Patrick et Louis sont donc de mon côté. Super.

— Tout ce que je dis, c'est que j'espère que notre entraîneur sera bientôt de retour, conclut Colin.

Les autres sont d'accord, mais c'est assez normal. Nous souhaitons tous le retour de l'entraîneur. Et papa ne veut pas prendre l'équipe en charge pour de bon. Il cherche seulement à dépanner.

Heureusement, j'aurai le temps de mettre les choses au point avec lui d'ici le prochain entraînement.

* * *

À l'école, tout se passe bien, mais comme chaque lundi, la journée me semble interminable. J'ai un test en sciences. Pas trop difficile. Mais vient ensuite le cours de maths de M. Houle.

Mes mauvaises notes en maths ont failli me coûter ma saison de hockey, mais en étudiant beaucoup et avec l'aide d'Émile Bosco, je suis parvenu à me sortir du pétrin.

C'est étrange. Je croyais qu'une fois qu'Émile m'aurait aidé à me rattraper et à saisir ce qui me paraissait difficile, je n'aurais plus d'ennuis en maths. Je me disais que je pourrais suivre comme les autres et que le tour serait joué.

Mais M. Houle est passé à une nouvelle matière.

Les statistiques.

Au début, j'étais très enthousiaste, croyant qu'il serait question des statistiques que j'aimais : celles qui se rattachaient aux sports. Pour une fois, j'étais sûr de me situer parmi les premiers.

Mais j'ai vite compris qu'il ne serait question ni des buts en carrière ni de record d'assistance.

Non. J'ai plutôt dû assimiler les concepts de médiane, de moyenne et de mode, qui à mes yeux n'ont aucun sens.

Lorsque je me trouve dans le cours de M. Houle, j'essaie de me concentrer et de faire de mon mieux, mais je finis toujours par me demander avec inquiétude si les maths continueront d'être aussi difficiles, et ce, jusqu'à la fin de mes études.

Je ne suis pas au bout de mes peines et même avec l'aide de Bosco, je crains de ne pas réussir.

Je jette un coup d'œil à mon devoir pendant que Chloé Tanaka passe de rangée en rangée pour ramasser les copies à la demande de M. Houle. Lorsqu'elle s'approche de moi, je la vois se tourner pour sourire à Bosco, mais je ne sais pas s'il lui sourit en retour.

Il a vraiment craqué pour ma sœur, qui est pourtant complètement dégueu et bizarroïde, et j'espérais que l'intérêt que lui porte Chloé l'amènerait à oublier Virginie.

Étonnant qu'on ne puisse pas encore mesurer le « facteur beurk » des filles!

Je remets mon devoir à Chloé et j'attends que M. Houle commence le cours en espérant que je ne terminerai pas la journée le cerveau complètement grillé.

* * *

À mon retour de l'école, j'ai droit au super pain aux bananes de maman accompagné d'un verre de lait. Je monte ensuite dans ma chambre déposer mon sac à dos. Je ne suis pas encore prêt à commencer mes devoirs : mon cerveau grésille encore sous l'effet des statistiques. Je prends donc mon bâton de hockey et m'en vais jouer dehors.

Rien ne me libère l'esprit autant que le hockey.

Comme le sol est jonché de feuilles humides, j'en colle quelques-unes en guise de cibles sur le côté du garage. Je déniche ensuite une balle de tennis dans la cour arrière et me mets à l'œuvre, visant mes cibles et attendant le retour de papa.

Lui et moi avons vraiment besoin d'une bonne conversation.

Les gars ne toléreront pas un autre entraînement sans jeu dirigé. Ça ne fait aucun doute.

Après quelques minutes, je suis bien réchauffé et mes tirs sont redoutables. Aucun ne rate la cible.

Lorsque Virginie arrive, elle me regarde et lève les yeux au ciel sans même me dire bonjour. C'est toujours pareil.

Je poursuis mes tirs, même quand elle se pointe de nouveau dehors, les clés de la voiture à la main.

— Maman a dit que je pouvais t'emmener au centre commercial.

Je frappe encore une fois la balle et fais tomber une feuille. Le tir parfait!

— Croquette!

— Mais je ne veux pas aller au centre commercial!

Elle soupire :

— Pourquoi?

— Parce que je m'entraîne.

— Et pourquoi tu t'entraînes? demande-t-elle, les mains sur les hanches.

Je sens qu'elle commence à s'énerver.

— Tu pourrais frapper ces balles les yeux fermés!

— Merci.

C'est bien qu'elle ait remarqué mon talent.

— Hé, le zigoto, ce n'était pas un *compliment*. Tu es complètement obsédé.

— Et alors?

— Alors, je ne peux pas prendre la fourgonnette si tu ne m'accompagnes pas.

— Pourquoi?

Nouveau regard exaspéré vers le ciel.

— Parce que maman croit que si je conduis toute seule, je me servirai de mon téléphone.

Les parents ont fini par abandonner la lutte et lui ont acheté un téléphone cellulaire pour son anniversaire. Ils l'ont regretté aussitôt.

Je les ai même entendus discuter de la possibilité d'annuler son forfait si ses notes chutent.

Je n'utilise jamais le téléphone (sauf lorsque j'ai voulu gagner au jeu-questionnaire sur le hockey) et je n'arrive pas à imaginer que Virginie ou qui que ce soit puisse avoir autant de choses à raconter.

Franchement. Son petit ami Sacha (le grand frère d'Émile Bosco) vient à peine de la déposer à la maison qu'elle l'appelle deux secondes plus tard. Elle n'a même pas eu le temps de cligner des yeux depuis qu'ils se sont vus.

Ils se bavent dessus l'un l'autre sans arrêt. Je ne veux même pas y penser tellement ça me dégoûte.

Je lui répète que je ne veux pas y aller.

— C'est l'affaire d'une demi-heure : je veux seulement un brillant à lèvres.

— Attends. Tu vas conduire jusqu'au centre commercial juste pour acheter du brillant à lèvres?

Depuis qu'elle a obtenu son permis de conduire, elle invente les raisons les plus ridicules pour prendre le volant. Elle propose même de se rendre à l'épicerie pour maman ou de me déposer à l'école rien que pour pouvoir utiliser la fourgonnette.

— Croquette, dit-elle sur un ton qui laisse planer la menace.

— J'attends papa. Tu n'as qu'à laisser ton téléphone à maman. Comme ça, elle saura que tu ne t'en sers pas.

— Quoi! s'exclame-t-elle.

— Tu n'as qu'à...

— J'ai entendu ce que tu as dit, Croquette, coupe-t-elle en me regardant comme si j'étais cinglé. Et si quelqu'un m'appelle?

— Ce quelqu'un va laisser un message.

C'est pourtant bien simple, non?

Elle lève les yeux au ciel :

— Tu es vraiment nul!

— Je ne suis pas un...

— Il est hors de question que je parte sans mon téléphone, déclare-t-elle, furieuse. Merci beaucoup.

Et elle rentre en trépignant dans la maison.

Je continue de frapper ma balle, guettant l'arrivée de papa en jetant toutes les deux minutes un coup d'œil dans la rue derrière moi.

La voiture tourne enfin dans l'allée. Papa en sort et se dirige vers la maison. Je lui emboîte le pas, mon bâton de hockey à la main.

— La journée a été bonne, à l'école? demande-t-il.

— Pas mal, dis-je.

Je passe sous silence le fait que les maths m'ont plutôt gâché la fin de l'après-midi.

— Juste « pas mal »? dit-il avec un petit rire. Évidemment, après l'entraînement, tout le reste paraît terne, pas vrai?

Il me tient la porte en souriant.

— Hmm... ouais.

— Tu sais, je me suis bien amusé, ce matin, ajoute-t-il en posant son porte-documents près de la porte avant de suspendre son manteau.

— Euh, papa...

— Et puis? s'enquiert maman, qui apparaît à la porte de la cuisine. Comment ça s'est passé?

— Formidable, dit-il. J'ai adoré me retrouver sur la patinoire. J'avais presque oublié à quel point j'aimais les entraînements, avant.

J'essaie de m'immiscer dans la conversation...

— Papa, les gars étaient...

— Fantastiques, termine-t-il à ma place. Ils ont travaillé très fort et c'était génial de pouvoir les guider.

— Je suis contente de l'entendre, dit maman en souriant. Je m'inquiétais un peu, mais il semble que tu étais comme un poisson dans l'eau.

— Absolument, dit papa.

Puis il se tourne vers moi :

— Le vieux a encore quelques tours dans son sac, hein Croquette?

— Oui, dis-je.

Je me racle la gorge, prêt à débiter mon boniment.

— Les exercices étaient bien, c'est sûr, mais les gars ont l'habitude d'avoir une période de jeu dirigé à la fin de la séance.

— Bien entendu, dit-il en desserrant sa cravate et en se

dirigeant vers l'escalier. Tout le monde aime le jeu dirigé.

— Oui, et ils aiment qu'il y en ait à chaque entraînement. Comme nous n'en avons pas eu aujourd'hui…

— On essaiera de trouver le temps de glisser une période de jeu dirigé, mercredi, dit-il en montant l'escalier.

D'en glisser une?

Ça paraît encore plus incertain que d'en « insérer une » comme il l'a dit ce matin.

Non, *en glisser une* n'annonce rien de bon du tout.

Je soupire. Lorsque je me retourne pour me rendre à la cuisine, maman est toujours debout dans l'embrasure de la porte et elle me regarde.

— Est-ce que tout va bien? demande-t-elle.

— Mais oui.

— L'entraînement de papa a plu aux gars?

Je hoche la tête.

— Oui oui.

C'est tout de même en partie vrai.

— Tant mieux, parce que je viens de parler à Mme O'Neal au téléphone. L'entraîneur va devoir être opéré.

Ma gorge se serre.

— Quoi?

— Il ne reviendra probablement pas de sitôt.

Chapitre cinq

Mercredi matin, pour la première fois de toute ma vie, la perspective de l'entraînement ne m'enthousiasme pas. Bien sûr, j'ai hâte de me trouver sur la glace, puisque c'est l'endroit que je préfère sur toute la planète, mais je me sens un peu bizarre à l'idée que papa prenne l'équipe en charge.

Je veux seulement que les gars l'aiment et qu'ils comprennent qu'il y a une méthode derrière sa folie. Je ne sais pas exactement quelle est cette méthode, mais je dois croire qu'il sait ce qu'il fait.

Par contre, je veux aussi que papa se rappelle que l'entraîneur O'Neal a son propre système et que mes camarades et moi avons l'habitude de faire les choses d'une certaine façon.

Une façon géniale qui fonctionne bien pour nous.

J'éteins la sonnerie de mon réveil et reste un moment sous les couvertures. Juste avant de me lever, je décide que la tâche de veiller à ce que tout se passe bien entre papa et l'équipe me revient. J'interviendrai quand les gars seront contrariés et je parlerai à papa quand il s'orientera dans la mauvaise direction. Je n'ai pas à prendre parti pour un camp ou pour l'autre.

Après tout, nous formons une équipe. Et il n'y a pas deux camps dans une équipe.

Une fois douché et habillé, je descends en espérant trouver papa mieux préparé qu'il ne l'était lundi matin.

Mes espoirs sont comblés.

Je trouve sur la table des verres de jus d'orange, des bagels grillés et toutes les tartinades que maman conserve dans le garde-manger.

— Bonjour, dit papa en emballant mon sandwich pour l'école.

— Bonjour, dis-je en m'assoyant à ma place préférée.

J'étends sur mon bagel une épaisse couche de beurre d'arachide et de miel, la meilleure combinaison de sucré-salé qui soit. J'en ai déjà l'eau à la bouche.

— Aujourd'hui, je pense pliométrie, déclare papa en me rejoignant à la table avec son café.

Mon bagel s'arrête avant d'atteindre ma bouche.

— Plio-quoi?

— C'est un entraînement basé sur la force et sur la vitesse, me dit-il.

— Super, dis-je en m'apprêtant à mordre dans le bagel.

— Corde à sauter, escaliers...

— Quoi?

Mais de quoi parle-t-il?

J'ai tout à coup la bouche sèche.

— J'ai fait des recherches sur Internet hier soir et j'ai rassemblé plusieurs bons exercices pour les gars.

— La corde à sauter?

J'arrive à peine à prononcer ces mots.

— Ne sois pas si étonné. Une bonne partie de l'entraînement de hockey se fait hors glace, tu sais.

Pas le nôtre!

J'ai le cerveau qui tourne à une telle vitesse, que ma bouche met quelques secondes à le rattraper.

— Oui, quand nous ne sommes pas en pleine saison de hockey, d'accord, mais...

— Durant la saison aussi.

Je sens le mal de cœur me gagner. Comment papa va-t-il convaincre les gars que nous devons occuper notre temps de glace à sauter à la corde? Et comment vais-je leur faire comprendre qu'il n'est pas cinglé?

— Papa, dis-je, je ne pense pas que les gars vont aimer ça.

— La pliométrie? Croquette, je t'assure que toutes les équipes de la LNH en font.

— Mais papa...

— Tu seras très surpris des résultats.

Et lui, il sera probablement aussi surpris des réactions.

Je traîne presque mon équipement jusqu'à la fourgonnette et reste quasi muet durant le trajet menant à l'aréna.

Je ne vois pas ce que je pourrais ajouter!

* * *

En marchant dans le couloir qui conduit au vestiaire, j'entends Colin dire :

— En tout cas, j'espère qu'il a prévu une période de jeu dirigé, aujourd'hui.

— Ouais, renchérit Jules. À quoi ça sert de s'entraîner si on ne joue pas?

— Exactement, ajoute Colin.

Ah, misère.

J'entre.

— Croquette, dit Colin qui me jette un regard en zippant la fermeture éclair de son sac. Dis-moi que tu as réussi à faire entendre raison à ton père.

Tous les yeux se tournent vers moi (sauf ceux de Bosco, occupé à lacer ses patins).

— Euhhh...

Avant que j'aie pu dire quoi que ce soit, papa se trouve debout près de moi. Je ne savais pas qu'il m'avait suivi.

A-t-il entendu ce qu'ont dit Colin et Jules?

— Oubliez les patins, les gars, dit papa. Rejoignez-moi à côté de la patinoire en chaussures de course.

L'instant d'après, il a quitté le vestiaire et lorsque je me retourne pour faire face aux gars, ils ont tous l'air aussi étonnés que moi.

— C'est quoi, cette histoire, Croquette? demande Colin.

— Ouais, ajoute Louis en tentant d'aplanir sa mèche rebelle. Ça n'avait même pas de sens!

— Il a bien dit en *chaussures de course?* demande

l'ébouriffé, encore à demi engourdi de sommeil.

Je lui réponds par l'affirmative en déposant mon sac sur le banc. Il me suffit de voir à ce que tout se passe en douceur. Je sais que j'en suis capable.

— Il a de super bonnes idées pour améliorer la vitesse et la force, dis-je en espérant que ça suffira.

Et en espérant aussi que ce soit vrai.

Après tout, j'entretiens de sérieux doutes au sujet de la corde à sauter.

— Mais nous sommes déjà rapides, déclare Colin en haussant les épaules.

— Et forts, ajoute Jules.

— Eh bien, il y a toujours de la place pour l'amélioration, dis-je en ouvrant mon sac.

J'enfile tout mon équipement, sauf mes patins. Pendant tout ce temps, personne ne dit mot dans la salle.

Lorsque je finis de nouer mes souliers de course, je leur demande :

— Vous êtes prêts?

— C'est dingue, dit Colin.

— Non, je t'assure que ça ne l'est pas, lui dis-je aussi fermement que possible.

J'ouvre la marche vers la patinoire. Les gars avancent au ralenti, presque à reculons, tout en ronchonnant.

Lorsque j'arrive près de papa, je constate qu'il a disposé des cônes un peu partout dans l'aréna.

— D'accord, les gars, dit-il en ponctuant ses propos d'un bref coup de sifflet. Nous allons maintenant faire de la pliométrie.

— De la quoi? demande Louis.

— De la pliométrie, dit papa.

Tous les visages affichent un air perplexe.

Tous, sauf celui de Bosco.

— Pas de problème, dit-il en haussant les épaules.

Il se dirige vers un cône et se tient debout à côté.

— Nous faisions ça dans l'équipe des Requins.

— Ah oui? demande l'ébouriffé.

— Oui, et ça aide vraiment.

Génial! Merci Bosco!

Quelques gars se mettent à chuchoter et j'espère de tout cœur que son avis a autant de poids que je le pense.

Lorsque les chuchotements se multiplient jusqu'à devenir une sorte de rumeur d'enthousiasme, papa sourit de toutes ses dents, mais un instant seulement. Il s'empresse de revenir à l'exercice d'un coup de sifflet.

— Que chacun se tienne à côté d'un cône comme le fait Bosco.

Nous parvenons cahin-caha à trouver le nôtre et attendons la suite.

— Tu crois qu'il va y avoir du jeu dirigé, aujourd'hui? me chuchote Louis, dont le cône est voisin du mien.

— Probablement.

Je croise les doigts en me remémorant les paroles de papa : « glisser » une période de jeu dirigé.

Papa nous fait faire une série d'étirements semblables à ceux que nous exécutons toujours avec l'entraîneur O'Neal. Du coup, je me mets à croire que nous allons faire les choses plus normalement que je m'y attendais.

Mais je me trompe.

— Maintenant, vous allez sauter par-dessus votre cône, dit papa.

Louis bondit dans les airs comme un coureur de haies et atterrit en faisant dos au cône.

Il lève le poing et s'écrie :

— Ouais!

— Je voulais dire à pieds joints, précise papa.

— Hein? demande Louis, décontenancé. Les deux pieds ensemble?

— Je vais vous montrer, dit papa.

Il se place debout devant un cône, genoux fléchis. Puis il inspire et projette tout son corps vers le haut en repliant les genoux sur la poitrine.

Ça semble... complètement ridicule.

— Vous êtes sérieux, M. McDonald? dit Colin.

— Ouais, répond papa. Je veux que vous poussiez pour monter à la verticale en gardant les genoux bien hauts.

C'est peut-être ridicule, mais ça semble assez facile.

Pourtant, ça ne l'est pas du tout.

Au premier essai, je constate que je n'atteins que la moitié de la hauteur du cône.

— Croquette a peut-être besoin d'un mini-cône, dit Colin en riant.

— Non, répond papa en secouant la tête. Nous sommes tous dans la même galère.

Pour ce qui est du favoritisme, on repassera.

— Chaque fois que je siffle, vous sautez, dit papa.

Et mine de rien, la torture commence.

J'observe les autres quelques secondes. L'ébouriffé atteint une assez bonne hauteur, alors que Louis se prend les pieds et tombe.

Je m'y mets moi aussi et au cinquième essai, j'arrive à sauter par-dessus le cône, mais je suis complètement à bout de souffle. Au dixième coup de sifflet, j'ai déjà les jambes qui brûlent.

Pourquoi devons-nous porter tout notre équipement pour faire ces exercices?

Après quinze sauts, je goûte une sueur salée au-dessus de ma lèvre supérieure.

Je suis lessivé, mais je vois Bosco sauter en douceur comme s'il avait fait ça toute sa vie. Évidemment, il est en sueur lui aussi, mais il donne l'impression d'exécuter un exercice facile.

Cela signifie que je dois augmenter d'un cran mes efforts. Alors en grognant, je saute de nouveau. Puis encore une fois. Et une autre.

Lorsque nous terminons enfin, après trente sauts, Louis et Jules sont tous deux affalés sur le plancher et essaient de reprendre haleine.

Colin est plié en deux et Patrick grimace en se tenant le côté, incommodé par une crampe.

Bosco et moi échangeons un regard et je constate qu'il est presque aussi essoufflé que moi.

— Excellent. Passons maintenant à l'exercice du banc, dit papa en sifflant de nouveau.

— Génial, dit Louis entre deux halètements. Je vais chercher mes patins.

— Je ne parle pas de ce banc-là, dit papa.

Zut!

Il pointe du doigt vers la marche géante qui se trouve derrière les buts et sur laquelle s'assoient les partisans :

— Mais de celui-ci.

Il nous aligne sur la marche, puis nous explique que l'exercice consiste à sauter sur le plancher, puis à remonter sur la marche en sautant à pieds joints.

— Je n'arriverai plus à sauter, me chuchote Louis.

— Tout va bien se passer, tu vas voir, lui dis-je.

Mais je n'en suis pas si sûr. J'ai encore les jambes qui tremblotent, moi aussi.

— Qu'est-ce que ces exercices ont à voir avec le hockey? demande Jules d'un ton qui ressemble comme deux gouttes d'eau à un gémissement.

— Tout, dit tranquillement Bosco.

Ce qui a pour effet de mettre un terme à la plupart des grognements. Et au plaisir aussi. Surtout lorsque nous en arrivons à l'étape de la corde à sauter.

Au cours des quarante-cinq minutes qui suivent, les Cougars de Cutter Bay font tout sauf du hockey.

Et pour la toute première fois, j'attends avec impatience la fin de l'entraînement.

Chapitre six

Les derniers jours de la semaine d'école me semblent s'étirer sur un siècle.

Bien sûr, nous jouons au hockey dans le gymnase et j'adore ça. Et puis mon exposé oral en français se déroule si bien que Mme Fortier en a les larmes aux yeux (à moins qu'elle ait eu un cil collé sur la rétine). Mais tout le reste m'ennuie.

En études sociales, nous travaillons interminablement sur le module de géographie et les maths commencent vraiment à mettre mon cerveau à rude épreuve.

— Je pense que tu rends les choses plus compliquées qu'elles ne le sont, dit Bosco, alors que nous nous apprêtons à commencer notre séance de tutorat du vendredi après-midi à la maison.

Il saisit un carré au chocolat dans l'assiette bien garnie que maman nous a laissée et en prend une grosse bouchée.

Elle ne me permet généralement pas d'en manger plus de deux, mais en présence de Bosco, les collations abondent.

J'adore.

— Pourquoi est-ce que je ferais ça? lui dis-je en léchant le glaçage chaud de mon carré au chocolat.

Bosco me regarde fixement.

— C'est la question que je te pose.

— Écoute, c'est vraiment difficile. Je ne veux qu'obtenir la note de passage. Tu le sais.

Il secoue la tête en mastiquant.

— Tu devrais viser plus que la note de passage. Tu sais bien que tu peux faire mieux.

Je soupire.

— Pas avec les statistiques dans le décor.

— Tiens, c'est justement ce que je te dis, poursuit-il la bouche pleine. Tu te conditionnes à ne pas réussir.

Je prends un autre carré au chocolat et l'avale en trois bouchées.

Bosco mange le sien en deux bouchées.

J'en saisis un autre et l'enfourne au complet.

Une seule bouchée! Prends ça!

Évidemment, le gâteau me reste un peu coincé dans la gorge et je viens d'avaler une énorme gorgée de lait dans l'espoir de tout faire passer quand Virginie se pointe.

Bravo!

Bosco cesse de mastiquer et ouvre la bouche comme s'il manquait d'air.

Le voilà de nouveau transformé en carpe!

Étonné, je demande à ma sœur :

— Qu'est-ce que tu fais ici?

Depuis que Bosco a eu le coup de foudre pour elle, allez savoir pourquoi, nous tenons nos séances de tutorat à la bibliothèque les jours où elle est à la maison. Là au moins, rien ne le distrait.

Et moi, je n'ai pas envie de vomir.

— Tu te rappelles? J'habite ici, nullos, dit Virginie en allongeant le bras pour prendre un carré au chocolat.

Bosco manque de tomber de sa chaise en voulant lui tendre une serviette de table.

Mais où est passé le gorille qui encastre les joueurs dans la bande sans pitié?

Je me contente de secouer la tête.

Il n'aurait pas pu tomber amoureux de Chloé Tanaka, à la place? Ou mieux encore : pourquoi ne voit-il pas comme nous tous que les filles sont une perte de temps?

— Ça va toujours avec Sacha? demande-t-il à Virginie

comme si le fait qu'elle sorte avec son frère ne l'ennuyait pas le moins du monde.

— Mais oui.

Il ferme les yeux un instant comme s'il ressentait de la douleur.

Je secoue de nouveau la tête.

— Je vais chez vous ce soir, dit Virginie. Nous allons regarder un film.

Bosco déglutit péniblement.

— À la maison?

On croirait qu'il vient de gagner un million de dollars, pas une soirée avec une ado prétentieuse!

— Oui. Sacha m'a demandé de te ramener quand je partirai.

— On partira ensemble?

J'ai peur que le cœur lui sorte de la poitrine.

— Oui. Tu seras prêt dans une heure?

— On peut y aller tout de suite, si tu préfères, propose Bosco.

— C'est gentil, dis-je. Je me trompe, ou nous n'avons pas encore commencé notre étude?

Bosco me jette un coup d'œil.

— Ahh, oui. C'est vrai. Dans une heure, ce sera parfait.

Virginie prend un autre carré au chocolat et retourne dans sa chambre.

Bosco la suit des yeux jusqu'en haut.

Ça suffit. Qu'on arrête ce carnage!

— Je sais que nous en avons déjà discuté, mais tu perds ton temps, Émile.

— Peut-être que oui, peut-être que non, dit-il en soupirant.

— D'ailleurs, puisque nous sommes dans les statistiques, je te dirai qu'un gars de douze ans n'a aucune chance auprès d'une fille de seize ans et en particulier auprès de celle-ci.

— On ne sait jamais, dit-il en prenant un autre carré au chocolat.

— Et Chloé Tanaka? Tu as l'air de lui plaire.

Il mastique lentement tout en réfléchissant à cette

possibilité.

— Oui, et elle est pas mal, tu sais.

En fait, je ne sais pas. À mes yeux, aucune fille n'est « pas mal ». Mais pour une si bonne cause, je consens à mentir.

— C'est vrai.

— Sauf que ce n'est pas pareil, tout de même.

Je lève les yeux au ciel.

— D'accord. Mais ce qui *est* pareil, c'est que les maths me font suer. Est-ce qu'on peut y revenir, puisque les minutes sont comptées?

Je n'aurais jamais cru que j'en arriverais à supplier Bosco de faire des maths, mais ces fichues discussions à propos des filles me tapent royalement sur les nerfs.

Nous nous plongeons dans la révision et comme toujours, Bosco parvient à éclaircir tout ce qu'a expliqué M. Houle. Pas encore parfaitement, mais il y a de l'espoir.

Ça ne m'étonne pas, puisqu'il se trouve que mon gigantesque coéquipier du hockey est également un authentique champion de maths. À la rencontre des Esprits mathématiques, son équipe a remporté la compétition nationale.

— Tu as bien saisi tout ça? me demande-t-il alors que notre séance tire à sa fin.

— Oui.

Il me jette l'un de ses habituels regards qui tuent.

— Tu ne me dis pas oui si tu n'as pas compris, hein?

— Non, non. J'ai compris.

— Parfait, dit-il en se passant la main dans les cheveux et en tournant les yeux vers le haut de l'escalier.

Ah, misère.

Papa arrive alors par la porte de devant, son porte-documents et une pile de revues à la main.

Il pose le porte-documents par terre et s'avance vers nous avec les revues.

— Eh, les gars, regardez, dit-il.

Lorsqu'il dépose la pile sur la table, je constate que ce ne sont pas du tout des revues, mais des catalogues remplis de matériel d'entraînement destiné au hockey.

— Chouette, dit Émile en feuilletant celui qui se trouve sur le dessus de la pile.

— Il y a là-dedans des trucs formidables pour améliorer la force et la vitesse!

Et ils devraient peut-être rester « là-dedans », justement.

Je veux lui rappeler qu'au hockey, il existe un autre truc qu'on appelle une rondelle et que les Cougars aiment bien pouvoir s'en servir lorsque l'occasion se présente.

Je m'éclaircis la gorge :

— Bien sûr, papa, mais il y a beaucoup de gars qui commencent à se plaindre de ne pas jouer durant les entraînements.

— Moi, j'aime bien la pliométrie et tout ça, dit Bosco en continuant de consulter le catalogue.

— Moi aussi, dit papa en me jetant un coup d'œil. Ces exercices sont très bénéfiques.

— Je n'en doute pas, dis-je, mais…

Virginie descend à ce moment précis.

— Tu es prêt? demande-t-elle.

Bosco pivote sur lui-même pour la regarder et manque de faire basculer son verre de lait.

Non, mais, on se calme!

— Bien sûr, dit-il.

Il nous laisse carrément en plan papa et moi et s'empresse tant bien que mal de glisser tous ses manuels dans son sac.

— On se retrouve à l'aréna pour le match, nous lance-t-il en filant par la porte de devant.

Virginie hausse les épaules en passant près de nous, mais pour une fois, elle affiche un sourire. Je lui ai dit qu'elle plaisait à Bosco et je devine qu'elle prend un malin plaisir à le voir béat d'admiration devant elle.

Eh oui. Ma sœur est aussi tordue que ça!

Lorsque papa et moi sommes seuls, il s'installe sur le canapé et m'invite à le rejoindre.

— Il y a une partie importante, ce soir, dit-il. Est-ce que Louis vient la regarder avec nous?

— Ouais. Ducette joue particulièrement bien ces temps-ci. Les Bruins sont cuits, dis-je sans le moindre doute.

Les Canucks ont le vent dans les voiles et avec mon héros qui joue mieux que jamais, l'affaire est dans le sac.

Inutile de m'affubler d'un costume comme le fait Louis, parce que mes Canucks n'ont pas besoin de chance. Ils sont tellement forts!

— Alors, dit papa avec un léger froncement de sourcils, les Cougars ne se passionnent pas pour l'entraînement, hein?

Je ne sais trop quoi répondre pour éviter de le froisser. Par contre, je voudrais qu'il revienne aux exercices de l'entraîneur O'Neal que nous avions tous plaisir à faire.

— Je ne sais pas, dis-je en haussant les épaules. C'est seulement différent, je suppose.

— Différent ne veut pas forcément dire mauvais, Croquette.

— Je sais.

— Et les gars n'ont pas persévéré assez longtemps pour constater les avantages qu'ils vont tirer de ces exercices. Je pense qu'il est bon de faire bouger les choses.

Ne voit-il pas qu'en essayant de faire bouger les choses, c'est moi qu'il bouscule?

— Ouais, dis-je en soupirant.

De toute évidence, il a décidé de s'en tenir à son plan, quoi que je dise.

— En grande discussion? demande maman qui sort de la cuisine et vient s'asseoir près de nous dans le fauteuil inclinable.

— Nous discutons simplement de la réaction de l'équipe aux exercices de pliométrie, dit papa.

— Et elle est positive?

Je fais un léger signe de tête négatif.

— Dis-toi que ton père sait ce qu'il fait, Croquette.

— Je sais. C'est juste que…

— Ils vont s'habituer, déclare-t-elle comme si le dossier était clos. Je vous propose des enchiladas au poulet pour souper. Ça vous va?

— Je regarde papa et nous sourions en chœur.

Il ne m'en faut pas davantage pour oublier que tout commence à se détraquer.

La perspective du poulet déchiqueté et du fromage parfaitement fondu suffit à me distraire.

* * *

Louis arrive un peu plus tard, avec un gros sac de bâtonnets au fromage : il sait que les croustilles ondulées de l'autre soir tenaient de l'extraordinaire. Si l'inscription « grains entiers » ou « sans agent de conservation » ne figure pas sur l'emballage, il est peu probable que le produit se retrouve dans le panier d'épicerie de maman.

Je constate que la vue du sac suscite aussi l'enthousiasme de papa.

— Salut, Louis. Content de te voir, dit-il. Je vais mettre les bâtonnets dans un bol.

— Oui, d'accord, dit Louis.

Alors que papa s'éloigne avec le sac, Louis me demande :

— Et puis? Tu lui as parlé à propos de l'entraînement?

Je hausse les épaules.

— Mouais.

— Ça n'a pas l'air réjouissant, dit-il en s'installant à une extrémité du canapé.

— Pas ce soir, tu veux?

Je ne me sens pas d'attaque.

— Mais…

— *Louis*, dis-je sur un ton menaçant.

Il saisit le message.

Deux entraînements, c'était déjà beaucoup. Je n'ose imaginer ce qui va se produire quand les gars apprendront que l'entraîneur O'Neal se fait opérer.

Je ne veux même pas y penser.

Lorsque papa revient avec un bol bien rempli, la partie est sur le point de commencer et il a déjà sur le bout des doigts cette poudre orange vif qui donne si bon goût aux bâtonnets.

— C'est parti! crie Louis lorsque le logo de la LNH paraît à l'écran.

Les Canucks semblent prêts à mener le jeu, à tel point que

j'en suis presque mal à l'aise pour ces pitoyables Bruins.

Je dis bien « presque ».

Mon commentateur préféré décrit le match et même s'il est censé n'avoir aucun parti-pris, je sais qu'il adore les Canucks.

Nous sommes du même avis, lui et moi, surtout lorsqu'il se met à parler de la saison phénoménale que connaît Jean Ducette.

Je suis prêt moi aussi à connaître une saison phénoménale, mais il semble que ce soit mal parti.

Je préfère éviter d'y penser et me concentre plutôt sur le match de ce soir.

À la mise en jeu, Sean Masters s'empare de la rondelle et la passe directement à mon héros.

La bouche bien pleine de bâtonnets au fromage, je souris malgré moi lorsque Ducette déjoue trois joueurs des Bruins et fonce droit vers le but.

Il décoche un tir absolument magnifique!

Je crie :

— Ouais! Tu es le meilleur, Ducette!

— Calme tes ardeurs, Croquette, dit papa en riant. Il ne fait que commencer.

Papa a raison. Ce gars est déchaîné!

C'est vers la fin de la première période que me vient une idée géniale. Si les Cougars l'emportent, personne ne pourra critiquer les méthodes d'entraînement de papa. Donc, il ne me reste plus qu'à mener les Cougars à la victoire, exactement comme le fait Ducette.

Et je peux y arriver.

Chapitre sept

Le jour du match, je me réveille toujours, la tête bourdonnant d'effervescence.

Les Pingouins de Nanaimo sont sur le point d'essuyer une cuisante défaite, grâce à Croquette McDonald surtout (et aux joueurs des Cougars, bien sûr). Je vais y mettre tout le dynamisme dont je suis capable et tirer au but aussi souvent que je le pourrai pour remporter la victoire. Et j'irai sans doute même jusqu'à réaliser des progrès dans ma compétition avec Bosco.

Super!

Ensuite, lorsque nous aurons écrasé Nanaimo, papa et moi partagerons la vedette sous les feux des projecteurs. J'en meurs d'impatience!

J'entends déjà la foule en délire à la suite d'un autre de mes buts extraordinaires. Et je vois tous les parents venir féliciter papa d'avoir formé une équipe aussi invincible.

Je saute du lit et me précipite sous la douche en imaginant la mine étonnée du gardien de but des Pingouins en me voyant revenir sans relâche devant lui.

Aucun doute : ce match sera mémorable.

Une fois sorti de la douche, j'enfile mes vêtements molletonnés, dont mon kangourou porte-bonheur des Canucks, et me voilà prêt à partir.

J'ai cependant une légère avance de trois heures.

La partie est prévue pour 11 heures, ce qui signifie que même si je prends mon petit déjeuner au ralenti, il me restera beaucoup de temps à tuer avant de poser mes lames sur la patinoire.

Je rejoins mes parents à la table de la cuisine, étonné de voir papa gribouiller des notes sur une tablette de papier.

— Qu'est-ce que tu fais? dis-je en jetant un œil par-dessus son épaule pendant que maman dépose une assiette de crêpes de sarrasin sur mon napperon.

Par ici le sirop d'érable!

— Je travaille sur de nouveaux jeux, dit-il.

— Pour les Cougars?

— Tout à fait.

De nouveaux jeux?

Je me racle la gorge, prêt à lui faire remarquer que l'entraîneur O'Neal ne dessine jamais quoi que ce soit. Il se contente de nous dire quoi faire et nous le faisons.

— Ton père commence à prendre les entraînements très au sérieux, dit maman en me souriant.

— En effet.

Je décide de ne pas en dire davantage.

Ses notes auront peut-être du bon.

On ne sait jamais.

Je m'assois et arrose copieusement mes crêpes de sirop d'érable. J'adore ce délicieux liquide doré, sucré et collant que je boirais à même la bouteille si je m'écoutais.

— Ça suffit, Croquette, m'avertit maman.

Je cesse de verser, me lèche les doigts et passe à l'attaque.

— Je n'en reviens pas de voir tout le plaisir que j'ai à faire ça, dit papa.

— C'est formidable, chéri, dit maman en se versant du café.

— Évidemment, je n'ai fait que quelques entraînements, mais j'ai l'impression que les Cougars ont la fibre d'une équipe championne.

Je cesse de mastiquer.

— Vraiment?

— Je le pense, dit papa en hochant la tête. Vous êtes déjà parvenus à battre l'équipe du Littoral une fois cette année et ils sont de loin vos adversaires les plus féroces.

Il a raison.

— Oui, et nous les avons battus alors que Bosco et moi n'étions pas sur la glace.

Ce jour-là, je n'avais pas pu jouer en raison de ma taille et Bosco se trouvait plongé jusqu'au cou dans les maths pour la compétition nationale, calculant des trucs que je ne peux — et ne veux — même pas imaginer.

— Chaque saison, cette équipe est la seule qui vous barre le chemin, poursuit papa.

— C'est vrai, dis-je en mastiquant lentement. Mais ce n'est pas la seule équipe qui nous a battus l'an dernier. Il y a eu Nanaimo. Et aussi Courtenay.

Papa acquiesce d'un hochement de tête.

— Très juste, dit-il. Mais vous auriez pu éviter de perdre ces parties. L'entraîneur O'Neal est formidable, mais il ne vous a pas fait faire les exercices qui auraient pu vous mener à la victoire.

— La pliométrie, dis-je après avoir avalé ma bouchée.

La crêpe me reste un peu collée à la gorge malgré tout le sirop dont elle est imbibée. J'allonge le bras vers mon verre de lait et en prends une grosse gorgée.

— Absolument. C'est l'entraînement qu'il vous faut.

J'enfourne une autre bouchée et réfléchis à ce qu'il dit.

Il suffirait qu'on gagne un seul match pour que mon plan réussisse, mais évidemment, si les Cougars remportaient leur premier championnat grâce à papa, tout le monde l'adorerait.

On lui érigerait probablement même une statue devant la patinoire!

— Tu crois vraiment que la pliométrie suffira? dis-je.

Je sens que l'enthousiasme commence à me gagner.

Au fait, où est-ce que je pourrais bien placer mon trophée du championnat?

Nous, les joueurs des Cougars, serions-nous en photo dans le journal local?

— La pliométrie et d'autres nouveaux exercices. Peut-être une configuration différente sur la glace, et...

— Une quoi?

— Une configuration : une façon de placer les joueurs, explique maman en me tendant une serviette de table.

— Tu veux dire nous faire jouer à des positions différentes?

Papa hoche simplement la tête.

Je reste bouche bée. Je n'avais même jamais pensé à la possibilité de changer la position des gars. Toute ma vie, j'ai joué à l'aile droite.

Bon sang, je ne voudrais pas finir comme défenseur ou gardien de but!

Comment est-ce que je ferais pour compter?

— Je crois que Bosco conviendrait bien au centre, dit papa en encerclant une note sur sa feuille.

Excellente idée! De cette façon, je conserverais l'aile droite que je maîtrise parfaitement, et Bosco se trouverait coincé à une position qu'il ne connaît pas.

J'accélère la mastication à mesure que l'enthousiasme me revient.

Tout ça est génial!

Nous allons gagner et c'est moi qui prendrai la tête du nombre de buts comptés!

Juste au moment où je m'imagine en train d'exécuter un tour de patinoire en brandissant le trophée de la ligue de l'île, on sonne à la porte.

— J'y vais! dis-je.

Je bondis de ma chaise et quitte la table en laissant mon assiette vide.

J'ouvre la porte et trouve Louis muni de son bâton et d'une balle de tennis.

— Tu veux jouer? demande-t-il.

Je le regarde comme s'il était dingue. Évidemment que je veux jouer.

— Attends-moi, j'arrive.

Je monte l'escalier en quatrième vitesse, attrape mes chaussures dans ma chambre, redescends au pas de course et esquisse une grimace lorsque Virginie me crie d'arrêter ce tapage. Elle dit même quelque chose à propos du sommeil réparateur.

Je murmure :

— Mais oui, cause toujours.

Pour réparer tout ce qui ne fonctionne pas dans la tête de ma sœur, il faudrait qu'elle dorme au moins cent ans.

Quoi qu'en pense Bosco!

— Tu es prêt? demande Louis depuis l'entrée.

— Je te rejoins dans l'allée, dis-je.

Je fonce dans la cuisine pour aller prendre mon bâton dans le vestibule.

— Il y a le feu quelque part? demande papa.

— Louis et moi allons jouer en attendant l'heure de partir.

— Est-ce qu'il veut qu'on l'amène à l'aréna? s'enquiert maman.

— Je vais le lui demander.

La famille de Louis est plutôt particulière lorsqu'elle assiste aux matches et je m'en désole un peu pour lui. Je n'ai rien à redire de la mienne, qui se comporte de façon très correcte lorsqu'elle vient nous encourager.

Le père de Louis a pour habitude de crier après les arbitres.

Mais sa grand-mère est pire encore.

Lorsque je sors, Louis a déjà tiré le filet rangé le long de la maison et l'a mis en place. Il est bien usé, ce filet. Les trous s'y sont à tel point agrandis au fil des ans qu'ils laisseraient passer une boule de jeu de quilles par endroits, mais ça m'importe peu.

— Tu veux qu'on t'emmène à l'aréna?

Louis me regarde, l'air soulagé.

— Si ta mère est d'accord.

— C'est elle qui l'a proposé.

— Génial, dit-il en souriant.

Il tire au but.

— Alors, tu crois qu'on va gagner, aujourd'hui? demande-t-il.

Je songe à papa qui va nous mener au championnat.

— Je n'en doute pas.

— Moi, je ne sais pas trop, Croquette. L'équipe de Nanaimo est assez solide, dit-il en extrayant à l'aide de son bâton la balle qui s'est nichée dans les arbustes.

— Mais elle ne nous a battus qu'une fois au cours des deux dernières saisons!

— Oui, seulement...

Il me passe la balle sans aller au bout de sa pensée.

— Seulement quoi?

— Rien, dit-il en haussant les épaules.

Je m'aligne, je tire et je regarde la balle voler droit dans le coin supérieur du filet.

— Seulement quoi, Louis?

— Eh bien... il me semble que nous avons perdu la main.

— Perdu la main? Mais de quoi parles-tu?

— Les gars disent que nous ne serons pas assez bien préparés parce que nous n'avons pas eu de période de jeu dirigé durant les entraînements.

Je pouffe de rire.

— Écoute, il n'y a eu que deux entraînements. Si nous avons tous oublié comment jouer, c'est que nous n'étions pas très forts au départ.

— Mais on est super! dit Louis.

Je lève les yeux au ciel.

— Justement, nouille! Tout va bien se passer.

Et encore mieux que ça.

Nous allons réduire Nanaimo en bouillie.

Je m'en occupe personnellement.

* * *

Au moment de partir pour l'aréna, Virginie insiste pour conduire. Si nous avions pris la voiture de papa, tout aurait été parfait, mais avec la fourgonnette, je suis moins à l'aise.

Elle n'a pas l'habitude.

Lorsqu'elle semble se diriger devant la circulation venant en sens inverse, je lui demande :

— Ça te dirait de choisir une voie et d'y rester?

— Et toi, ça te dirait de la fermer, avorton? me répond-elle brusquement en donnant un coup de volant qui manque de nous projeter dans le fossé.

Maman n'intervient pas, mais elle s'agrippe si fort au repose-bras qu'elle en a les jointures toutes blanches.

— Moi, je propose un peu moins de bavardage, dit papa qui grimace lorsque les pneus crissent au coin d'une rue. Et une vitesse réduite, ajoute-t-il.

— On dirait Disneyland, chuchote Louis.

— Sans la joie, dis-je.

Nous pouffons de rire.

— Taisez-vous, tous les deux! dit Virginie.

Elle nous jette un regard furibond dans le rétroviseur et dévie de son chemin.

— Les yeux sur la route, dit maman avec calme.

— Je le sais, grogne Virginie.

— Quand vas-tu avoir ton permis? demande Louis.

Nouveau regard furieux.

— Je l'ai déjà, dit-elle d'un ton brusque.

— Sapristi, murmure Louis.

Je lui glisse à l'oreille :

— Ça ne veut pas dire qu'elle va le garder.

Nouveaux ricanements de notre part.

— Je t'ai entendu, Croquette, grogne ma sœur.

— Bon, maintenant, chacun va se mêler de ses oignons et nous allons essayer d'arriver à l'aréna entiers, dit papa.

— C'est censé vouloir dire quoi, ça? rétorque Virginie. Je suis une excellente conductrice quand on ne me harcèle pas.

— Concentre-toi sur la route, ma chérie, dit maman qui ferme les yeux alors que Virginie donne un gros coup de volant pour éviter un écureuil.

— Si je meurs, je te laisse ma carte de la recrue Viktor Slatov, chuchote Louis.

— Je vais sans doute mourir avec toi et je déteste ce joueur, lui dis-je à voix basse.

— J'espère que tes parents ont payé leurs assurances.

— Mon père en vend, Louis.

— C'est un homme futé, dit mon copain alors que son épaule vient s'écraser sur la mienne à la suite d'un autre virage abrupt.

Bien sûr que mon père est futé.

Il est sur le point de mener les Cougars au championnat.

Aucun doute là-dessus.

Chapitre huit

Lorsque Louis et moi arrivons au vestiaire, l'endroit est on ne peut plus lugubre. Pas de bavardages ni de blagues comme c'est le cas d'habitude : déjà en uniforme et prêts pour le match, les membres de l'équipe ont plutôt l'air de se rendre à des funérailles.

— Qu'est-ce qui se passe? dis-je en laissant tomber mon sac par terre.

— Mon père est allé voir l'entraîneur hier soir à l'hôpital, répond Colin en soupirant.

— Il doit se faire opérer, grogne Jules.

— Je sais.

Je regrette aussitôt mes paroles en les voyant tous se tourner vers moi d'un même geste. Je demande alors :

— Quoi?

— Tu le savais? demande Patrick.

— Oui. Ma mère me l'a dit, l'autre jour.

— Pourquoi est-ce que tu ne nous en as pas parlé? demande Colin.

— Je n'en ai pas eu l'occasion.

— En tout cas, dit Colin en secouant la tête, les prochaines parties sont fichues, à présent.

Je tiens à les rassurer :

— Pas du tout. Mon père va continuer de nous entraîner.

— Sans vouloir te vexer, Croquette, ça n'a rien de trop

réjouissant, dit Christophe.

— Ce serait plutôt le contraire, dit Jules.

— Nous sommes faits, déclare Colin.

— Hein? marmonne McCafferty, ouvrant les yeux une seconde ou deux avant de se rendormir.

— Non, nous ne le sommes pas. Papa a un plan et…

— Papa a un plan? répète Colin, incrédule. Tu as raison, Croquette. Je suis sûr qu'en sautant à la corde, nous allons venir à bout des Pingouins.

— Et de Comox, ajoute Jules.

— Et du Littoral, renchérit Louis.

Je me tourne vers lui et lui lance un regard furieux. Il est censé être de mon côté. Du côté de papa.

Hé, mais une minute.

Sommes-nous en train de nous diviser?

— Vous avez l'air d'une bande de fillettes effrayées, laisse tomber Bosco, assis dans un coin de la salle.

— Mais nous ne sommes pas prêts, affirme Colin.

— Pas prêts? dit Bosco en rigolant. Nous jouons tous au hockey depuis des années. Il n'y a rien de changé.

— Mais maintenant que l'entraîneur est… commence Christophe.

Bosco lui coupe la parole.

— Il n'y a rien de changé, reprend-il, cette fois beaucoup plus fort.

Puis il quitte la pièce. Les bavardages cessent et j'enfile mon uniforme. En glissant les chaussettes qui me portent chance, je me répète à quel point il est essentiel de gagner.

Les gars de l'équipe doivent constater que papa est l'homme de la situation, même s'il ne fait pas les choses exactement à la manière de l'entraîneur O'Neal.

Lorsque j'en arrive aux épaulettes, je sais que le moment est venu de jouer avec plus d'ardeur que jamais.

J'enfile mon chandail et prends une grande inspiration.

Puis je saisis mon casque et rejoins mon équipe, prêt à lui assurer la victoire.

* * *

Vêtue de son uniforme bleu et noir, l'équipe de Nanaimo semble plutôt menaçante, mais je n'arrive pas à comprendre pourquoi on lui a donné le nom de Pingouins. Enfin, pourquoi donner à une équipe sportive le nom d'un animal qui se dandine?

Et dans la réalité, le pingouin a-t-il la moindre chance de l'emporter sur le cougar? Évidemment, non. Bref, à mon avis, pour ce qui est des noms d'équipe sans intérêt, les Pingouins de Nanaimo figurent en tête de liste avec les Capitals de Washington.

Et ça veut tout dire.

À la mise en jeu, nous nous emparons immédiatement de la rondelle et passons les quatre premières minutes du match près du filet des Pingouins. Mes tirs au but sont incessants, mais leur gardien fait preuve d'une vigilance étonnante. Même Colin a du mal à compter, mais il finit par faire glisser la rondelle entre les jambières du gardien.

Je crie « ouais! » et lui donne une tape dans le dos.

Quelques secondes plus tard, le joueur de centre des Pingouins s'aligne et tire en direction de Christophe, dont c'est le tour de se trouver coincé dans le but. Tout mon corps se crispe lorsque je vois la rondelle voler vers lui, mais je ne peux rien faire sinon espérer qu'il garde les yeux ouverts.

Christophe attrape la rondelle de son gant droit, au grand bonheur de nos partisans qui applaudissent.

Fiou!

— Bel arrêt, Faucher, lui lance Colin.

Christophe remercie d'un signe de tête et se concentre illico sur le jeu.

Patrick me fait une passe et je m'élance vers le but des Pingouins, déjouant sans difficulté les défenseurs.

Nous voilà déjà sur le chemin de la victoire, je le sens dans toutes mes cellules.

J'ai passé tout l'été à perfectionner mes lancers frappés et le moment est venu d'en faire la démonstration. Je soulève mon bâton et frappe la rondelle avec une précision parfaite.

Elle doit filer à cent kilomètres à l'heure : elle atteint si rapidement le but que le gardien des Pingouins ne tente pas le moindre geste pour l'arrêter. Il ne l'a pas vue passer!

— Dans le mille, Croquette! crie Patrick en me tapotant le casque.

— Super tir, ajoute Colin.

— Je suis toujours en avance d'un but, Croquette, lance Bosco depuis le banc.

— Je sais.

— *Un but d'avance*, répète-t-il en souriant.

Pas la peine d'en faire un plat!

C'est moi qui ai proposé cette compétition, surtout parce que je croyais que j'allais la gagner. Je voulais imiter Gretzky, le seul à avoir accumulé plus de deux cents points en une saison. Et il a réussi quatre fois cet exploit!

Mais si l'objectif de deux cents points est hors de portée, je peux au moins compter cinquante buts.

Ou quarante.

Oui, je serais sans doute satisfait de quarante buts.

Mais si Bosco l'emporte, je vais regretter d'avoir suggéré cette compétition entre nous deux.

Pour l'instant toutefois, j'ai d'autres chats à fouetter, puisque nous sommes sur le point d'écraser Nanaimo.

* * *

Pendant la deuxième période, alors que Bosco se trouve sur la patinoire et moi sur le banc, le jeu s'organise davantage. Les Pingouins paraissent avoir acquis une certaine confiance et risquent plus de lancers au but.

Christophe Faucher fait du bon travail, mais finit par laisser passer une rondelle.

Une avance d'un point ne suffit pas contre une telle équipe. Je sais que je dois retourner au jeu sans tarder.

— Renvoie-moi sur la patinoire, papa, dis-je.

— Pas tout de suite, Croquette. Bosco a la situation bien en main.

— Mais je peux...

— Pas tout de suite, répète papa d'un ton plus ferme.

Je ne peux tout de même pas compter si je suis sur le banc!

Je me rassois et regarde Louis laisser passer un joueur des Pingouins qui s'apprête à tirer au but.

La rondelle atteint sa cible.

Je crie :

— Qu'est-ce que c'est que ça! Allez, Louis!

Mon copain me regarde en haussant les épaules comme s'il était désolé.

Désolé ou non, ce n'est pas comme ça que nous gagnerons la partie.

Et il *faut* que nous gagnions. Les gars doivent croire aux talents d'entraîneur de papa.

— Papa, est-ce que je peux seulement...

Il ne me laisse pas terminer ma phrase :

— Pas maintenant, Croquette.

De toute évidence, il ne se doute pas que je suis sur le point de faire tourner le vent, alors j'attends aussi patiemment que je le peux.

En fait, il se trouve que ma patience est plutôt limitée.

Papa retire Louis du jeu et mon ami me rejoint. Il avait l'habitude de réchauffer le banc plus souvent qu'à son tour, jusqu'à ce que son rendement s'améliore de façon remarquable plus tôt cette saison. Il est donc très fier de ces minutes supplémentaires de présence sur la patinoire chèrement gagnées.

Je lui chuchote :

— Je voudrais qu'il me renvoie tout de suite au jeu.

— Moi aussi, dit Louis.

— Tu le sais bien, toi, que je vais faire bouger les choses, pas vrai?

— Hein?

— Quoi?

— Je disais que je voulais qu'il me renvoie au jeu.

— Oh, dis-je en fronçant les sourcils.

— Tu sais, je peux me défoncer moi aussi, Croquette.

J'acquiesce :

— Ah, mais oui. C'est certain.

Mais pas autant que moi.

Loin de là.

Bosco compte deux buts en deuxième période pendant que je serre les dents.

— Il a trois buts d'avance, c'est bien ça? me demande Louis.

A-t-il vraiment besoin de le claironner?

Je suis peut-être nul en maths, mais je sais au moins compter des buts, bon sang!

— Croquette, Louis, à vous! dit finalement papa alors que j'avais presque renoncé.

Nous sautons tous les deux sur la patinoire pendant que papa retire Patrick et Bosco. Génial d'être de retour au jeu et prêt à foncer.

J'ai l'impression d'avoir des ailes!

En quelques secondes, je m'empare de la rondelle et je manie le bâton avec une aisance digne d'une vidéo de formation. Je déjoue mes adversaires, fais glisser la rondelle entre leurs jambes, puis derrière le but à la vitesse de l'éclair, semant tous mes coéquipiers.

Je contourne le but, essayant de trouver un point faible où tirer. Comme je n'en vois aucun, je reviens derrière. L'un des joueurs des Pingouins tente de me subtiliser la rondelle, mais je l'éloigne de quelques coups de coude, puis en le plaquant prestement contre la bande. Les spectateurs commencent à s'échauffer et j'adore ce brouhaha. Rien de tel que d'entendre les partisans se manifester.

Et des partisans, je n'en manque pas!

Je reviens en trombe devant le filet, m'élance...

Et c'est le buuut!

Le gardien porte les mains à son casque en grognant.

Je jette un coup d'œil à Bosco et souris. L'heure du rattrapage a sonné.

— Croquette! Croquette! Croquette! scande la foule.

Je lève un bras pour indiquer que j'entends les encouragements.

En moins de deux, Louis enlève la rondelle à l'un des joueurs les plus costauds de l'équipe adverse et se met à patiner vers le filet. J'avance à sa hauteur, prêt à recevoir une passe.

Lorsque je me place en position, juste à côté du but, l'un des défenseurs se met à me harceler en m'enfonçant dans le dos le talon de son bâton.

— Recule, lui dis-je.

— Essaie de me faire reculer, pee-wee.

Pas question de le laisser se moquer de ma taille.

— Tu n'as rien de plus brillant à dire?

Il m'enfonce son bâton encore plus fort.

— Cause toujours, microbe.

À peine le gars a-t-il terminé sa phrase que Louis m'envoie la rondelle d'un tir précis. Je pivote instantanément sur moi-même et fais glisser la rondelle hors de la portée de la lame du bâton du défenseur.

Génial!

Je ne distingue plus autour de moi que des uniformes des Pingouins, mais je m'en balance. Je garde les yeux fixés sur la rondelle en faisant l'impossible pour la conserver malgré les centaines de bâtons (bon, il y en a peut-être deux ou trois) qui tentent de me la retirer.

J'entends Louis me crier qu'il est tout seul, mais il m'est impossible de tenter une passe.

Je laisse échapper un grognement, me fraie un chemin parmi les adversaires et tout à coup, une ouverture se présente.

Fonce!

Je soulève la rondelle à la hauteur des côtes du gardien, qui tombe à la renverse en essayant de la bloquer.

Je compte!

— Bien joué, Croquette! crie papa, dont la voix se détache de celle des partisans.

Plus qu'un but pour rejoindre Bosco!

Super!

— Bon sang, tu les as coiffés au poteau! dit Louis en me donnant une tape dans le dos.

— Je sais, dis-je. On va la gagner, celle-là!

— C'est certain, répond-il en souriant.

Peu après, Colin compte également, au grand plaisir des

spectateurs en liesse.

Je me demande si nous allons battre notre record du plus grand nombre de points comptés au cours d'une même partie.

Ce serait assez formidable.

Les Pingouins semblent plutôt découragés. Ils maugréent lorsqu'ils perdent la rondelle ou ratent un tir (et ils en ratent beaucoup).

Je me sens presque mal à l'aise pour eux, surtout lorsque je compte *une nouvelle fois.*

Bosco et moi sommes maintenant à égalité et j'adore ça.

L'entraîneur des Pingouins demande un temps d'arrêt et les joueurs des Cougars se rassemblent sur la glace devant leur banc.

— Bravo, Croquette! dit l'ébouriffé.

— Bravo à toi aussi, lui dis-je. Et à toute l'équipe.

Nous en sommes toujours à nous féliciter mutuellement tout en nous préparant avec enthousiasme aux quatre dernières minutes de jeu, lorsque l'entraîneur des Pingouins s'approche pour parler à papa.

— Hé, vous voulez bien baisser d'un cran? demande-t-il.

— Pardon? répond papa, qui ne semble pas saisir.

— Les enfants sont ici pour jouer au hockey. Pas pour subir une séance d'humiliation!

— Je ne comprends pas, dit papa en secouant la tête.

Je ne comprends pas plus que lui et je lis la même perplexité sur le visage de mes coéquipiers.

— Le pointage élevé, dit l'entraîneur. C'est antisportif.

— Antispor... mais les garçons n'ont fait que jouer le jeu, dit papa.

— Mon équipe ne s'est pas déplacée jusqu'ici pour être humiliée.

— Jamais je n'ai voulu... commence papa.

— Vous avez une attitude dégueulasse, dit l'autre en pointant un doigt accusateur sous le nez de papa avant de s'éloigner.

Lorsque l'arbitre siffle, papa ne bouge pas.

— Nous ne faisons que jouer le jeu, dit-il à voix basse.

Chapitre neuf

Nous battons finalement les Pingouins par sept buts d'avance, ce qui paraît attrister un peu papa.

Pourtant, ce n'est pas triste du tout.

Une victoire avec sept buts d'avance : c'est absolument génial!

Je trouve pour ma part que c'est précisément l'objectif du jeu. Bien sûr, je ne joue pas avec la seule intention de décevoir l'adversaire, mais apprendre à perdre fait aussi partie du hockey. Et puis je suis prêt à parier que cette défaite contre nous va pousser l'équipe de Nanaimo à mettre plus de cœur à l'entraînement pour être meilleure la prochaine fois.

— C'est pour leur bien, dis-je, sur le chemin du retour.

— Croquette, dit papa en soupirant.

— Tu ne peux pas te laisser abattre par ce que raconte cet entraîneur, papa, lui dit Virginie. Croquette a raison.

Je ne sais pas pourquoi, mais le fait que Virginie soit de mon avis me fait douter de mon point de vue.

— Oui, mais ça reste un jeu, lui dit papa. Il faut que ce soit amusant.

— Mais c'était amusant, lui dis-je. C'était la partie la plus amusante que nous ayons jouée!

— Je veux dire pour les deux équipes.

— Moi aussi, je me suis amusé, dit Louis. Si ces gars ne sont pas capables de perdre, ils ont tout intérêt à cesser de jouer au hockey.

Je lui tape dans la main. Bien d'accord avec lui!

— Il a trouvé que c'était antisportif, rappelle papa à mi-voix.

— Laisse tomber, Paul, dit maman. Si les Cougars avaient gagné par vingt buts…

— Ç'aurait été chouette! dis-je en versant presque une larme à cette pensée.

— Non, rectifie maman. Ç'aurait été excessif. Ç'aurait été le moment de se détendre et de laisser la patinoire à ceux qui jouent le moins souvent.

Je chuchote à Louis que ç'aurait plutôt été le moment d'essayer d'atteindre trente buts pour que l'exploit figure dans le livre *Guinness* des records.

— Attention à cette Volvo, Virginie, dit papa en agrippant la poignée de la portière. Il s'en est fallu de peu.

— Pouvez-vous vous relaxer et me laisser conduire? rétorque Virginie. Je sais ce que je fais.

— Mais pas dans quelle voie elle le fait, chuchote Louis.

Je pouffe de rire.

— Taisez-vous, tous les deux! ordonne ma sœur en nous fixant d'un œil mauvais dans le rétroviseur.

— Avant, nous jouions pour gagner, dit papa en secouant la tête. Nous ne pensions pas à ménager les susceptibilités.

— Nous jouons encore pour gagner, dis-je. Les Pingouins n'ont tout simplement pas accepté que ce soit nous qui l'emportions.

— Dans mon temps, l'entraîneur n'avait pas à se soucier des sentiments de l'autre équipe, continue papa.

— Ouais, mais dans ton temps, c'était il y a mille ans, dit Virginie.

— Chéri, savoir perdre est un aspect important du sport, fait valoir maman.

— Tout comme les fibres sont un aspect important de notre diète, dis-je.

Elle me regarde sévèrement et poursuit :

— Au même titre que la confiance et l'estime de soi. Je t'assure, Paul. Si je croyais que tu avais mal agi ou que tu aurais dû te comporter différemment comme entraîneur, je te le dirais.

— Merci, chérie, dit-il.

Il se tourne vers elle en souriant. Lorsque ses yeux reviennent vers la route, il demande très posément à Virginie :

— Tu as vu ce piéton, hein, Virginie?

— Franchement! dit-elle en levant les yeux au ciel.

— Je parle de l'autre, à gauche, dit papa en agrippant le siège.

— Quoi? demande Virginie, les yeux exorbités. Oh!

La fourgonnette fait une embardée.

— Ralentis, dit maman.

— C'est ce que je fais!

— Ralentis encore! crie maman.

Virginie freine brusquement en faisant crisser les pneus de la fourgonnette. Elle détache sa ceinture et déclare qu'elle n'en peut plus.

En essayant de reprendre mon souffle, je parviens à articuler :

— C'est toi, qui n'en peux plus?

Ma ceinture de sécurité va sûrement me laisser sur la poitrine une trace rouge semblable au ruban de ces satanés concours de reines de beauté!

Louis semble être au bord de la crise de panique.

— Tu ne peux pas t'arrêter comme ça au beau milieu de la route, s'écrie maman. Paul, fais quelque chose!

Papa est déjà dehors en train de faire des signes aux automobilistes pour qu'ils cessent de klaxonner. Il fait le tour de la fourgonnette par l'arrière alors que Virginie passe par devant pour s'asseoir à la place du passager.

— Vous me renversez, vous autres, grogne-t-elle en bouclant sa ceinture. Vous êtes hyper stressés et vous me déconcentrez complètement.

— Quand tu conduis, tu ne dois jamais perdre la maîtrise, lui dit papa : ni celle du véhicule ni celle de tes émotions.

Je lui rappelle que Virginie est une ado.

— Elle a les hormones au plafond et…

— La ferme, Croquette! coupe ma sœur. Écoutez, je conduis mieux quand vous n'êtes pas là, d'accord?

— J'espère, me chuchote Louis.

* * *

Ce soir, les Canucks jouent à l'extérieur contre l'Avalanche et c'est moi qui suis désigné responsable des collations.

Juste avant le début du match, je passe à la cuisine chercher des verres et des bols pour papa et moi. Puis, j'ouvre la porte du garde-manger et pars en quête de tout ce qui pourrait ressembler à des croustilles et à des friandises.

Le pire, dans le fait que maman soit nutritionniste, c'est qu'à ses yeux, les fruits et les collations sont une seule et même chose.

— Tout va bien dans l'équipe? demande maman.

— Oui oui.

— Ça t'ennuierait de préciser un peu? dit-elle.

Voyant mon air perplexe, elle ajoute :

— Tu sais ce que je pense des monosyllabes en guise de réponse.

Je trouve le contenant de plastique rempli de biscuits aux caroubes, ce qui n'est pas mal du tout, et des croustilles de pita. Si nous avons de la trempette au frigo, ce sera parfait.

— Je pense que ça va, dis-je. Maintenant que nous avons remporté une partie, les choses devraient se calmer.

Elle lève un sourcil, sa technique d'interrogation la plus efficace.

— Qu'est-ce qui doit se calmer?

— Oh, tu sais, les gars n'aimaient pas voir changer certains exercices de l'entraînement.

— Eh bien, ce ne sont pas les gars qui dirigent, dit-elle.

— Je sais, maman. Mais tu me l'as demandé et je t'ai répondu.

Je dispose les biscuits dans une assiette.

— Est-ce que tu regardes la partie avec nous?

— Non, je travaille à composer un menu pour un client diabétique, dit-elle.

Elle me jette un coup d'œil et fronce les sourcils.

— Et je vais devoir en composer un pour toi aussi si tu ne remets pas au moins la moitié de ces biscuits dans leur contenant.

Je lui rappelle que ce sont des biscuits santé confectionnés par elle-même avec amour.

— Ça ne veut pas dire qu'il faut les manger à la douzaine, dit-elle en secouant la tête. Je suis sérieuse, Croquette. Ôtes-en la moitié.

— D'accord, dis-je en soupirant.

Je remets la plupart des biscuits dans le contenant de plastique.

— Est-ce qu'il y a du maïs soufflé?

— Je vois des croustilles de pita sur le comptoir.

— Je sais, mais...

Elle soupire à son tour.

— Il y en a dans le garde-manger. Mais ne rajoute pas de beurre fondu.

Je m'écrie :

— Quoi? Il va falloir le manger nature?

— Prépare le maïs et je l'assaisonnerai.

— L'assaisonner? Maman, le maïs est fait pour baigner dans le beurre.

— Et les gens sont faits pour vivre plus de vingt-cinq ans.

Je grogne :

— C'est ça.

Quand je serai plus vieux et que j'aurai une maison à moi, le garde-manger, le frigo et même ma garde-robe seront remplis à craquer de ce que ma mère appelle des aliments vides. J'ai déjà des années de rattrapage à faire pour toutes les vraies croustilles et la crème glacée que j'ai ratées jusqu'à présent.

Lorsque j'ai soigneusement préparé toutes mes collations et que j'entends papa allumer la télé, je me rappelle un truc super important.

Le premier du mois est passé sans que j'aie été mesuré.

— Attends, je vais chercher la règle, dis-je à maman en fourrageant dans le tiroir de bric-à-brac.

Elle saisit tout de suite.

— Pourquoi ne pas attendre le mois prochain, dit-elle en semblant conserver un mince espoir.

— Pas question!

Ces derniers mois, je n'ai même pas grandi d'un centimètre et j'en ai ras le bol d'attendre. Maman continue de m'assurer que j'aurai une poussée de croissance un jour, mais je commence à douter de sa parole, surtout quand je regarde les traits de crayon qui sont tous à la même hauteur sur le mur à côté du frigo.

Je m'adosse au mur en prenant soin de bien appuyer les omoplates.

— D'accord, dit-elle.

Elle saisit la règle et le crayon en soupirant.

Je reste aussi immobile que je le peux pendant qu'elle mesure.

— Je ne pense pas que ce genre d'obsession soit très sain, mon chéri, me fait-elle remarquer.

— Avoir la taille d'un enfant de quatre ans en sixième année ne l'est pas non plus, dis-je.

— Tu n'as pas la taille d'un enfant de quatre ans.

— Et c'est censé me réconforter?

— C'est toi qui as abordé le sujet, me rappelle-t-elle.

Je ferme les yeux et retiens mon souffle en attendant qu'elle termine.

— Pas mal, dit-elle lorsqu'elle a fait le trait.

Je me retourne et n'ouvre les yeux que lorsque je fais face au mur. Le nouveau trait est à peine plus haut que le précédent. Formidable.

— Un poil, dis-je en fronçant les sourcils.

— Un brin, dit-elle en m'ébouriffant les cheveux. Tu vas y arriver, tu vas voir.

— Quand j'aurai quatre-vingts ans?

Maman hausse les épaules.

— Tu n'as qu'à regarder ta sœur, dit-elle.

Évidemment, Virginie espère ne pas atteindre les six pieds avant la fin du secondaire, mais elle n'a jamais eu à attendre une poussée de croissance. Elle a toujours été grande.

Ce n'est pas juste.

On sonne alors à la porte. Virginie se précipite pour aller répondre, ce qui signifie que c'est certainement Sacha. J'emporte mon plateau de collations vers le séjour en faisant semblant de ne pas entendre les bruits de baisers dégoulinants.

Dégueu.

— Tu es prêt? demande papa lorsque je pose le plateau sur la table à café et me laisse tomber de mon côté préféré du canapé.

— Tout à fait, dis-je en souriant.

J'adore regarder des matches à la télé avec papa parce que nous nous laissons complètement absorber tous les deux.

Nous encourageons, nous crions et il nous arrive même de nous rouler par terre en agitant les pieds.

Que dire de plus? Nous sommes de fervents partisans.

Juste au moment où je plonge la main dans le bol de maïs soufflé, Virginie et Sacha entrent dans le séjour.

— C'est la soirée du hockey, M. McDonald? demande Sacha.

On ne peut rien lui cacher.

— On va détruire le Colorado, dis-je.

— Comment se passent les entraînements? demande Sacha sans me prêter la moindre attention.

Bosco m'a dit qu'il ne prêtait attention à personne ou presque.

À l'exception de Virginie.

— Pas trop mal, je pense, dit papa.

— Génial, dit Sacha en hochant la tête. Mon petit frère les aime bien.

Sidéré d'entendre qualifier de « petit » le seul gars de sixième année qui a une moustache, je réprime une envie de rire.

— Vous voulez vous joindre à nous? demande papa en s'empressant de faire de la place sur le canapé.

— Pas question, dit Virginie en levant les yeux au ciel.

— Merci quand même, dit Sacha. Je ne suis pas très

amateur de hockey.

— C'est vrai, dit papa. Toi, c'est le rugby qui t'intéresse!

— Pas de protection, pas de casque, dit Sacha en haussant les épaules comme si ça faisait de lui un genre de super héros.

Je marmonne :

— Pas de tête.

— Qu'est-ce que tu viens de dire? demande Virginie.

Au regard qu'elle me jette, je devine que si elle ne peut pas me coincer tout de suite, c'est certainement partie remise.

— Rien, dis-je en engloutissant une poignée de maïs soufflé.

Maman a beau penser que les collations risquent de causer ma perte, ce soir cette bouchée me sauve sans doute la vie.

Chapitre dix

Lundi matin, je me réveille pour l'entraînement avec un large sourire. Notre écrasante victoire m'assure que mes coéquipiers collaboreront volontiers à l'entraînement de papa, les quatre buts que j'ai comptés représentent pour moi un record inégalé, et j'ai un but d'avance sur Bosco.

Croquette McDonald mène le bal!

Génial?

C'est sûr!

Je chante sous la douche, mais à voix très basse pour ne pas réveiller Virginie. Je ne tiens pas à ce qu'un matin aussi parfait soit gâché par l'ado la plus grincheuse de la planète.

Pendant que je me sèche et que je m'habille, je me limite à fredonner.

L'entraînement se déroulera exactement comme je l'avais imaginé : papa et moi en serons les héros.

Sans compter le fait que j'ai terminé tous mes devoirs. J'ai compris la totalité des exercices de maths (à l'exception de trois questions, mais tout de même) et j'ai fini une semaine plus tôt le roman que nous avons à lire pour le cours de français.

Mme Fortier n'en revient toujours pas chaque fois que je lève la main pour répondre à une question en classe. Elle devrait s'y être habituée, à présent. Mais non. Elle reste étonnée de constater que je me suis mis à étudier.

Je suis quant à moi surpris d'aimer à ce point la lecture

maintenant, et non plus seulement les ouvrages qui portent sur le hockey. Le roman que nous lisons en ce moment pour le cours raconte l'histoire d'un garçon qui doit choisir entre ses deux meilleurs amis qui s'engagent sur des chemins complètement différents.

Si je pense à la façon dont les choses se sont passées entre papa et les Cougars, je « m'identifie » entièrement aux personnages du roman, comme dirait Mme Fortier. Mais heureusement, je ne suis pas dans la même situation que ce garçon, puisque grâce à la victoire de la fin de semaine, je n'ai plus à choisir entre un camp ou l'autre.

Nous faisons tous de nouveau partie de la même équipe.

Je rejoins papa à la cuisine où une assiette de rôties est posée sur mon napperon.

— Régal en vue, dis-je en étalant du beurre d'arachides sur le pain chaud.

— Tu as bien dormi? me demande papa avant d'avaler une gorgée de café.

— Oui. J'ai rêvé que Jean Ducette et moi avions remporté la Coupe Stanley.

Papa se met à rire.

— Je n'aurais pas voulu sortir d'un rêve comme celui-là.

— Je ne voulais pas en sortir moi non plus, dis-je.

Je prends une bouchée de ma rôtie. Elle a un petit goût de brûlé que le beurre d'arachides parvient presque à masquer.

— Mais, il est tout de même plus facile de se lever les jours d'entraînement, je rajoute.

Pendant que je déjeune, papa remplit le lave-vaisselle et essuie le comptoir.

Je lui demande s'il a déjà mangé.

— Je n'ai pas très faim, répond-il.

Remarquant tout à coup qu'il a les yeux cernés, je lui demande :

— Et toi, tu as bien dormi?

— Je ne sais pas trop, dit-il en haussant les épaules. Je me suis tourné et retourné bien des fois en repensant aux propos de cet entraîneur.

— Bon sang, papa, tu ne vas pas te laisser démolir par ce qu'il t'a dit! Il était seulement mécontent de voir perdre son équipe.

Pas de doute, nous l'avons battue!

Et à plates coutures, en plus!

— Je sais, mais...

— Sérieusement, papa. Il a cherché à te déstabiliser et il a réussi!

J'engloutis la dernière bouchée de rôtie en l'accompagnant d'une grosse gorgée de lait. Puis je rince ma vaisselle, la mets dans le lave-vaisselle et me dirige vers le vestibule.

— Pas la peine de te soucier de ton équipement, me dit papa.

— Merci, dis-je en supposant qu'il l'a sans doute déjà chargé dans la fourgonnette. Mais j'aurais pu l'apporter moi-même, papa.

— Il est toujours dans le vestibule, précise-t-il. Je voulais dire, ne te soucie pas de l'apporter.

— Qu'est-ce que tu veux dire?

J'essaie de ne pas me préoccuper du nœud qui se serre au creux de mon estomac.

— Tu n'en auras pas besoin aujourd'hui.

Je le regarde fixement.

— Papa, nous partons pour l'entraînement dans environ deux minutes.

— Exact, dit-il en riant. Es-tu sûr d'être bien réveillé, Croquette? Je dis que tu n'as pas besoin d'équipement pour l'entraînement d'aujourd'hui. Tu vas porter les vêtements que tu as sur le dos, mais n'oublie pas tes souliers de course.

Je n'ai certainement pas bien entendu.

— Et mon bâton?

— Laisse-le ici.

— Le laisser ici?

Mon bâton? Mon principal outil?

Papa disparaît dans le garage et je reste planté là. Ça y est, le nœud se resserre encore.

Comment sommes-nous censés nous entraîner au hockey

si nous n'avons ni jambières, ni patins, ni bâtons?

Lorsqu'il revient, je sais que je dois absolument lui dire quelque chose.

— Papa, je sais que tu as un plan, mais les gars n'accepteront pas de te suivre.

Il rit.

— Bien sûr qu'ils accepteront. Penses-tu qu'ils auront déjà oublié la victoire de samedi?

— Euh, j'ai bien l'impression que nous aurions gagné cette partie de toute façon.

Il me regarde, sourcil levé.

— Je vais simplement faire ce que je peux pour maintenir cette tendance à la hausse, Croquette.

— Sérieusement, papa. Un entraînement de hockey sans équipement est comme... En tout cas ce n'est pas un entraînement de hockey.

— Fais-moi confiance, fiston.

Moi, je veux bien.

Mais les gars ne verront pas les choses du même œil.

* * *

Il se trouve qu'hier soir, maman a mis la chaîne téléphonique en marche. Elle a communiqué avec Mme Berger afin de lui dire que personne n'avait besoin de l'équipement pour l'entraînement. Puis, Mme Berger a appelé Mme Claveau, qui a téléphoné à Mme Chen et ainsi de suite par ordre alphabétique jusqu'à ce que tout le monde soit prévenu qu'il n'était pas nécessaire d'apporter l'équipement pour l'entraînement du lendemain.

Sans doute intriguées par cet étrange mot d'ordre, quelques mères décident de rester à l'aréna pour voir ce qui se passe après avoir déposé leur fils plutôt que de rentrer chez elles.

Au lieu de me diriger vers le vestiaire, je tends l'oreille depuis le couloir.

— Les garçons vont faire de la course, explique papa.

— Courir où? demande Mme Samson.

— Dehors, dit papa. Dans les magnifiques rues de Cutter Bay.

— Mais ils viennent pour patiner, dit Mme Faucher. C'est un entraînement de hockey, pas d'athlétisme!

— Ces exercices font précisément partie de l'entraînement, explique papa en souriant. Les garçons sont excellents sur la glace. Ils manipulent la rondelle de façon exceptionnelle, leurs tirs sont précis et leur vitesse, parfaite. Les exercices hors glace permettent de renforcer toutes ces habiletés.

— D'accord, répond Mme Samson sans grande conviction. Mais mon mari m'a demandé de vous signaler que nous payons pour obtenir du temps de glace.

— Et ce n'est pas gratuit, ajoute Mme Faucher.

— Vous avez tout à fait raison, dit papa en hochant la tête. J'ai simplement échangé notre temps avec celui d'une autre équipe, pour aujourd'hui. Nous aurons une heure de glace de plus au prochain entraînement. Nous commencerons tôt, mais nous récupérerons notre temps.

Deux heures sur la patinoire? Génial! Je souris malgré moi. Après tout, papa a peut-être un plan intéressant.

— Je vois, dit Mme Samson en jetant un coup d'œil en direction de Mme Faucher qui acquiesce. Ça me semble parfaitement raisonnable. Mon mari sera content de l'apprendre.

Elle sourit.

— Il était passablement énervé à propos de tout ça, hier soir.

— Le mien aussi, dit Mme Faucher. Je vais lui transmettre le renseignement.

* * *

Lorsque j'annonce la nouvelle dans le vestiaire, Louis reste bouche bée.

— Une course? Mais…

— On est ici pour jouer au *hockey*, pas pour faire un cours de gym! coupe Jules.

C'est exactement ce que j'ai essayé de dire à papa à la maison.

— Mais ça va nous aider.

— Est-ce que ton père est tombé sur la tête? demande

Colin.

J'avoue que je ne sais pas quoi lui répondre. D'un côté, je me pose la même question et je voudrais que nous revenions tout simplement à la façon dont l'entraîneur O'Neal organisait les entraînements. Mais de l'autre, je ne veux pas me prononcer contre mon propre père devant mes coéquipiers. Sans compter qu'un entraînement de deux heures serait génial.

Alors, je dis aux gars :

— Il n'est pas tombé sur la tête. Il sait ce qu'il fait.

— On ne le croirait pas, grogne Jules en mastiquant un gros morceau de bœuf séché.

En tentant de suivre la logique de papa, je leur demande s'ils ont déjà oublié que nous avons gagné notre dernière partie.

— Nous l'aurions gagnée de toute manière, déclare Jules.

Je rétorque :

— Mais peut-être pas par autant de points.

— C'était effectivement un record, dit Patrick.

Merci.

— Une victoire est une victoire, reprend Jules. Ce n'est pas parce que nous avons sautillé sans arrêt au dernier entraînement que nous avons battu l'autre équipe.

Puisque papa ne donne pas le moindre signe de vouloir revenir à la méthode de l'entraîneur O'Neal, je sais que je dois amener mes coéquipiers à l'appuyer.

— Écoutez, mon père a de plus grands projets pour nous.

— Qu'est-ce que c'est censé vouloir dire? demande Colin.

— Il pense à long terme, dis-je. À remporter le championnat, par exemple. Mais vous, vous ne voyez que la prochaine partie.

— Ouais, mais si nous ne pensons pas à la prochaine partie, il est complètement inutile de penser au championnat, rétorque Jules.

Son bœuf séché lui glisse des mains et atterrit sur le sol. Il le ramasse et marmonne quelque chose au sujet de la règle des deux secondes et remet le morceau dans sa bouche.

Espérant convaincre les gars de laisser sa chance à papa, je poursuis :

— Il a des tas d'idées. Il va faire une rotation, et...

— Une rotation de quoi? demande Colin d'un air méfiant.

— Eh bien, nous changer de positions, et...

— Nous changer de positions? s'exclame Louis en criant presque. Pourquoi est-ce que tu ne me l'as pas dit?

— Pourquoi est-ce que tu ne l'as dit à personne? demande Colin.

Zut!

— Je ne change pas de position, déclare Jules.

— Moi non plus, renchérit Colin. C'est absurde.

— Eh bien moi, je serais assez d'accord, dit Christophe, qui salive à la pensée de ne plus garder les buts.

— Lui as-tu expliqué que ce n'était pas une bonne idée, Croquette? demande Louis.

— Oui... enfin, j'ai essayé, mais... vous ne m'écoutez pas, dis-je en sentant la frustration m'envahir. Tout ce que je veux vous faire comprendre, c'est que papa souhaite que nous ayons une super saison, et pas seulement un super match.

— Dans ce cas, il devrait nous laisser nous entraîner et jouer. Comme nous l'avons fait toute notre satanée vie, dit Jules.

— Ouais, ajoute Louis en soupirant. Changer de position? C'est dingue!

Je voudrais lui donner un coup de coude dont il se souviendrait. Il est censé m'appuyer.

— Allez, les gars, dis-je. Je sais que de faire les choses différemment nous paraît bizarre, mais...

— Il est six heures moins deux, nous fait remarquer l'ébouriffé qui se réveille enfin. L'entraînement commence.

— Non, rectifie Jules. La *course* commence.

— Hein? marmonne l'ébouriffé.

Je suppose que la chaîne téléphonique ne s'est pas rendue jusque chez lui : il est le seul en uniforme.

Colin fait un double nœud à ses lacets en maugréant :

— Quand on y pense, c'est assez génial de se lever à cinq heures pour jouer au hockey et de se retrouver à perdre son temps d'entraînement à arpenter les rues.

Il regarde les autres, puis ses yeux se posent sur moi.

— Et c'est comme ça qu'on va gagner le championnat?

— Eh bien, oui, dis-je en haussant les épaules. C'est tout de même de l'entraînement, pas vrai?

— Je pourrais courir chez moi, rétorque Colin.

— Tu le fais? demande Bosco de sa place habituelle, dans un coin de la pièce.

— Je fais quoi?

— Courir chez toi? dit Bosco en le regardant fixement.

Ce regard produit apparemment sur Colin le même effet qu'il a sur moi. Il balbutie :

— Euh... non.

— Alors, où est-ce que tu veux en venir?

Le visage de Colin devient cramoisi.

— Où est-ce que je... Où... où est-ce que tu veux en venir, Bosco?

De sa voix grave, Bosco répond :

— Je veux en venir au fait que quand l'entraîneur te dit de courir...

— Tu cours? demande Christophe.

— Exact, dit Bosco.

Comme tous les gars respectent Bosco (bien plus qu'ils me respectent, moi!), ces propos mettent fin à la conversation et je n'entends plus la moindre critique lorsqu'ils vont rejoindre papa près de la patinoire par groupes de deux ou trois.

Lorsque Bosco et moi nous retrouvons seuls dans le vestiaire, je sens que je dois dire quelque chose.

— Merci de défendre mon père. Je veux dire, ses idées sur l'entraînement, et tout ça.

Bosco hausse les épaules.

— J'ai confiance en lui. Il a presque joué comme professionnel, alors il sait certainement ce qu'il fait.

J'acquiesce.

— Tu devrais l'appuyer, Croquette.

Quoi!

— Mais je l'appuie, lui dis-je.

Il ne m'a pas entendu essayer de convaincre les gars?

— Pas seulement dans ta tête, poursuit-il en me jetant ce

regard si particulier. Pourquoi les autres devraient-ils croire ce qu'il dit si son propre fils n'y croit pas?

— Tu ne m'as pas entendu? J'ai essayé de leur dire...

— Tu n'as pas essayé très fort, dit-il.

Je soupire.

Il a sans doute raison.

Pourquoi faut-il toujours qu'il ait raison?

Bon sang, il a mon âge, mais il est génial dans tout!

Comme je veux être celui qui pour une fois sait quelque chose, je dis :

— En tout cas, je trouve bien que papa fasse certains changements. Qu'il modifie les positions pour trouver de nouvelles combinaisons.

Évidemment, il ne m'a pas dit quelles seront ces combinaisons, mais Bosco ne le sait pas.

— C'est une bonne idée, dit Bosco en hochant la tête. Faucher serait probablement meilleur à la défense et je verrais bien Colin dans les buts.

— Vraiment?

J'ai tellement l'habitude de voir chacun jouer à la même position depuis que nous avons cinq ans, que j'ai du mal à imaginer autre chose.

— Ton père a sûrement un plan, dit-il. Il sait ce qu'il fait.

— Ouais, dis-je.

Je ressens un certain agacement. C'est *moi* qui devrais affirmer que papa sait ce qu'il fait.

À vrai dire, je n'en suis plus si convaincu après dix minutes de course, alors que j'essaie tant bien que mal de ne pas vomir mes rôties.

Et j'en suis moins sûr encore après vingt minutes, lorsque je les vomis pour de bon.

— Désolé fiston, me dit papa en courant sur place à côté de moi. La prochaine fois, nous choisirons plutôt des céréales.

Formidable.

Et les choses ne font qu'empirer quand nous rentrons à l'aréna, épuisés et en nage.

Nous nous traînons à l'intérieur et nous dirigeons droit vers la patinoire pour regarder l'entraînement de l'autre équipe. Mais il n'y a que du rose partout. Même la rondelle est rose!

— Ce n'est pas vrai! s'exclame Louis. Ton père a donné notre temps de glace aux Lucioles?

Il est le seul à pouvoir encore parler. Les autres membres de l'équipe se contentent d'écarquiller les yeux et de rester bouche bée.

— Non, mais je rêve, finit par articuler Colin en constatant qu'un groupe de fillettes de sept ans a grugé notre temps de glace.

* * *

Je répugne à avouer que ce pitoyable « entraînement » s'est finalement révélé le clou de ma journée, mais c'est malheureusement la vérité.

Bien sûr, tout s'est bien passé durant le cours d'éducation physique : nous avons joué au hockey en salle et les filles ont cessé de piailler assez longtemps pour permettre à Adèle Fiset de compter le meilleur but de la partie. Quel tir! Elle est si bonne qu'elle devrait jouer pour les Cougars!

Et c'était chouette aussi quand Mme Fortier a dit que les questions que je posais durant le cours de français témoignaient d'une « compréhension étonnante de la matière ».

Mais comme d'habitude, le cours de maths de M. Houle a mis un frein à ma journée aussi brusquement que Virginie peut stopper la fourgonnette.

J'étais en train de rêvasser, imaginant que les Cougars gagnaient le championnat et que papa était nommé le meilleur entraîneur de l'année. C'était formidable! Je le voyais presque soulevant le trophée devant la foule en délire et dans le feu de l'action, je n'ai sans doute pas entendu M. Houle.

Par contre, j'ai entendu les rires étouffés autour de moi.

— Veuillez avoir l'obligeance de vous joindre à nous, M. McDonald, a dit M. Houle.

— Je suis ici, dis-je.

— De corps, peut-être, mais votre esprit semble vagabonder autour du monde. Venez au tableau, dit-il en m'attendant devant la classe.

Il m'a probablement dit ça entre six et sept mille fois depuis le début de l'année scolaire et nous ne sommes qu'en novembre.

Je crois que j'ai passé plus de temps au tableau que le bâton de craie!

Ce n'est pas juste.

Pas plus tard que le mois dernier, j'ai pourtant réussi son tour du chapeau en maths.

Est-ce que je ne fais pas déjà ce que M. Houle s'attend à me voir faire pour réussir le cours?

Il sait que Bosco m'aide et que je travaille presque aussi fort en maths que sur la patinoire. Il sait apparemment aussi que je ne suis pas encore un expert, parce qu'il m'appelle au tableau à presque tous les cours.

Je me lève en tâchant de ne pas laisser la panique me saisir à la gorge.

Lorsque je passe près de son pupitre, Bosco me tape dans la main en me chuchotant que je vais y arriver.

Je ne sais pas encore à quoi je vais arriver, mais je hoche la tête comme si j'y croyais.

Il faut que j'y croie.

Je vais y arriver!

Lorsque je m'approche du tableau, M. Houle me tend une craie, puis se met à énumérer des chiffres, des noms et un tas de renseignements inutiles.

Quand il a terminé, mon cerveau tente toujours désespérément d'enregistrer toutes ces données.

— M. McDonald?

— Oui?

— Vous semblez quelque peu étonné.

— Non, c'est que... j'essayais... Est-ce que c'était bien un problème sous forme d'énoncé?

Quelques élèves ricanent.

— C'est tout à fait cela, M. McDonald.

— Mais alors, les statistiques?

— Pour ce qui est des statistiques, je dirais que vous avez écouté moins de cinquante pour cent de ce que je viens d'expliquer à la classe.

— Oh.

Je soupire. Il poursuit :

— Aujourd'hui, nous revenons sur ce que nous avons appris jusqu'à présent cette année. Et nous faisons cela pour être certains que nous serons bien préparés pour le test qui aura lieu ce vendredi.

— Un test?

— Un court examen, explique M. Houle comme si j'ignorais le sens du mot « test ».

— Je sais que…

— Ce test représente vingt pour cent de votre note de l'année.

J'avale péniblement la boule qui s'est logée dans ma gorge.

— Ohh.

— Peut-être devrions-nous laisser un autre élève s'attaquer au problème. Quant à vous, vous viendrez me retrouver après la classe?

Zut!

On dirait une question, mais je suis assez sûr qu'il s'agit d'un ordre.

— Mmmm... ouais.

— Je vous demande pardon?

Double zut!

— Désolé. Je voulais dire « oui ».

Je regagne ma place. Lorsque je repasse près de Bosco, il me chuchote :

— Mais qu'est-ce qui t'arrive? On a fait des centaines de problèmes comme celui-là!

Je lui réponds à voix basse que je ne sais pas. Que j'ai été pris au dépourvu.

Je passe tout le reste du cours à m'inquiéter de ce que va me dire M. Houle.

Je me serais attendu, étant donné que je me suis beaucoup amélioré, à ce qu'il me laisse un peu tranquille. Il m'a même tapé dans la main après ma réussite au dernier test! Alors, comment se fait-il que je me retrouve à la case départ, à présent?

Lorsque la cloche sonne enfin, j'avance vers son bureau et inspire profondément. Je dois être prêt à tout.

— M. McDonald, dit-il en me regardant par-dessus ses lunettes. Je dois admettre que je suis plutôt perplexe et déçu. J'aurais cru que les efforts que vous faites à l'extérieur de la salle de classe se seraient révélés plus fructueux.

— Et ils le sont, dis-je.

M. Houle fronce les sourcils.

— Mais vous n'êtes pas arrivé à suivre un simple problème sous forme d'énoncé, aujourd'hui. Plus simple que ceux des tests que vous avez faits le mois dernier, en fait.

— Je suppose que je manque tout simplement d'entraînement.

Je suis complètement terrorisé par la perspective d'avoir à faire d'autres tests et de ne plus pouvoir jouer au hockey si j'échoue.

J'attends, sentant mes mains devenir de plus en plus moites.

Pourquoi met-il autant de temps à larguer sa bombe?

— Peut-être s'agissait-il tout simplement d'une mauvaise journée pour vous, conclut-il finalement.

Je le regarde, étonné.

— Peut-être, dis-je.

— Écoutez. Attendons de voir comment se passera le test, vendredi, d'accord?

Complètement soulagé, je fais un signe de tête affirmatif.

— C'est bon... Je veux dire : oui, je vous remercie.

— Si vous me décevez, nous devrons nous interroger afin de déterminer si vos activités parascolaires ne sont pas de nouveau en train de nuire à vos études.

Inutile de lui demander de préciser.

Je sais qu'il parle du hockey.

Chapitre onze

Si M. Houle a fait preuve d'une surprenante gentillesse à propos du problème que je n'ai pas su résoudre, rien ne me dit que Bosco se montrera aussi indulgent. Dommage que mon cerveau ait choisi un jour de tutorat pour tomber en panne.

— Chez toi ou à la bibliothèque? me demande-t-il quand nous nous rejoignons dans le corridor.

— Chez moi. Virginie a un entraînement de volley-ball.

À peine avons-nous fait deux pas en direction de la maison qu'il me tombe dessus.

— Veux-tu bien me dire ce qui t'est arrivé, tout à l'heure?

Je hausse les épaules.

— Je ne sais pas.

— Je croyais que tu avais fini de jouer à la carpe!

Je marmonne :

— Je ne suis pas une *carpe*.

— Je me demande, Croquette. En te voyant tourner en rond au tableau la bouche grande ouverte, tu avais l'air…

C'est bon. J'en ai assez entendu.

— Pas la peine d'en ajouter, j'étais là!

— Écoute, dit Bosco. Des problèmes sous forme d'énoncé, nous en avons fait des quantités. Et tu les maîtrisais parfaitement.

— C'est ce que je croyais.

— Il faut que tu te concentres. Tu ne peux pas simplement

apprendre une chose et l'oublier dès que tu passes à la chose suivante.

— Je sais, dis-je, déjà fatigué d'en parler.

— Tout ça fait partie d'un même ensemble.

— Comme les fractions? dis-je en espérant paraître un peu plus allumé qu'à l'habitude.

— Non. Plutôt comme… une équipe de hockey, tiens.

Je lève les yeux au ciel.

— Ouais, c'est ça.

— Je suis sérieux. Il faut que tous les joueurs soient là : le gardien, les défenseurs, le joueur de centre et les ailiers.

Je le regarde fixement.

— Nous ne jouons qu'à une position à la fois.

Il fronce les sourcils.

— J'admets que c'est un bon argument. D'accord. Je retire mon exemple. Mais tu comprends ce que je veux dire, pas vrai?

— Je crois que oui. Nous avons besoin de toutes les pièces du casse-tête et je ne peux pas oublier les vieux trucs quand j'apprends les nouveaux.

Il fait un signe de tête affirmatif.

— Alors, qu'est-ce que Houle t'a dit?

— Il a dit qu'il attendait de voir comment j'allais réussir le test de vendredi.

Bosco semble aussi étonné que moi.

— Quoi? C'est tout?

— Ouais.

— Génial. Alors, il suffit de nous assurer que tu vas t'en tirer haut la main.

— Un peu de sérieux, Bosco.

— D'accord. Haut la main est peut-être exagéré, mais tu as obtenu des B à ses derniers tests et tu peux réussir encore une fois.

Nous marchons en silence l'espace d'un pâté de maisons.

Bosco n'est pas du genre à parler pour ne rien dire, ce que je trouve plutôt chouette. Seulement, quand il reste silencieux, j'ai la nette impression qu'il doit se demander comment je peux arriver à être aussi idiot.

Lorsque je n'en peux plus de ruminer cette idée, je lui demande carrément :

— À quoi penses-tu?

— Tiens, je croirais entendre ma mère, grogne-t-il.

— Oh.

— Je ne pense à rien.

Je plonge les mains dans mes poches.

— Parfait, dis-je. Tu n'es pas obligé de me répondre.

— Non, je ne suis pas obligé, dit-il.

Puis il me regarde et soupire.

— Tu veux vraiment le savoir?

— Ouais.

— D'accord. Je pense aux logarithmes.

— Aux logs à quoi?

— Ce sont des maths. À un niveau avancé.

Il rit.

— Tu veux en savoir davantage?

— Non, merci, dis-je en soupirant.

Lorsque nous arrivons à la maison, maman nous offre ses galettes spéciales à l'avoine et aux raisins. Il se trouve que ces biscuits sont parmi les préférés de Bosco.

— Je pourrais en manger toute la journée, déclare-t-il.

Il s'en fait d'ailleurs une bonne provision, comme si je n'en voulais pas.

Comme si ces galettes n'étaient pas pour nous deux.

Je m'en prends trois. C'est moi qui remporte la palme des buts comptés et j'arriverai aussi en tête pour ce qui est des galettes dévorées.

— Je suis contente que tu les aimes, dit maman. Est-ce que tu crois que ta mère voudrait avoir la recette?

— Elle n'utilise pas de recettes.

— Oh, j'aimerais bien avoir autant de mémoire, dit maman en souriant.

— Non, je veux dire qu'elle ne fait cuire que des choses qui proviennent d'un tube.

— D'un tube? demande maman en fronçant les sourcils.

— Oui. Vous savez, c'est presque déjà prêt. Il suffit de

mettre la pâte au four et de la faire cuire.

Maman a l'air de quelqu'un dont l'univers s'émiette plus rapidement qu'un petit gâteau acheté tout fait.

— Oh, je comprends, dit-elle. Eh bien, je t'en mettrai dans un sac et tu les apporteras chez toi.

Quoi!

J'adore ces galettes, moi aussi! C'est dans mon repas du midi qu'elles auraient dû aboutir!

— Vraiment? demande Bosco.

— Mais oui, dit maman en riant.

Je pioche une nouvelle fois dans les galettes.

Croquette mène par un but et trois biscuits!

Lorsque maman quitte la pièce, nous nous mettons au travail sans tarder. Je parviens toutefois à piquer quelques autres galettes pendant que Bosco a la tête plongée dans son sac à dos, cherchant je ne sais quoi.

Je suis étonné de constater que lorsqu'il me rappelle certaines notions déjà apprises et qu'il me fait faire quelques exercices à titre d'exemple, les choses me reviennent à l'esprit.

— Tu vois? me dit-il. Tout est là. Il te suffit de le ressortir.

J'espère de tout cœur qu'il a raison.

Si j'échoue au test et que M. Houle court-circuite ma saison de hockey, papa restera tout seul.

Et si je ne suis pas là pour l'appuyer, rien n'indique que les gars vont lui laisser sa chance.

Je ne veux même pas me poser cette question.

* * *

Le mercredi suivant, nous nous rejoignons comme prévu sur la glace pour deux heures d'entraînement. Je suis content de retrouver la patinoire... jusqu'au moment où, alors que papa explique un nouvel exercice, nos réchauffeurs de banc Antoine Bélanger et Timothée Charron s'éloignent du groupe avec une rondelle et se mettent sans dire un mot à se faire des passes.

— Je vais vous demander de rester avec nous, les gars, dit papa.

— Nous sommes bien ici, M. McDonald, lance Antoine par-dessus son épaule.

Quoi!

— C'est ici que se passe l'entraînement, les gars, dit papa avec un certain agacement dans la voix.

Ils font semblant de ne pas l'avoir entendu.

Je suis trop éberlué pour dire quoi que ce soit. Quand un adulte me demande de faire quelque chose, jamais je ne me comporte comme si je ne l'avais pas entendu! Surtout s'il s'agit d'un entraîneur. Et substitut ou non, papa est l'entraîneur.

Avant que j'aie eu le temps de comprendre ce qui se passe, Colin s'éloigne à son tour pour rejoindre les deux autres. Puis Jules fait de même.

— Bon sang, chuchote Patrick. Mauvaise idée!

Je me contente d'acquiescer d'un signe de tête.

Que peut faire papa? Crier après eux? Les menacer d'un temps d'arrêt?

Il semble aussi hésitant que je le suis, puis il s'éclaircit la voix.

— Si vous ne revenez pas ici, commence-t-il…

Mais avant qu'il puisse terminer sa phrase, Bosco s'élance tel un train à grande vitesse.

Quelques secondes plus tard, il tient Antoine et Tim par le chandail et les ramène vers le reste de l'équipe.

Il les projette sur la glace, au centre, puis regarde Jules et Colin.

— Est-ce que je vais devoir venir vous chercher vous aussi?

Pendant une fraction de seconde, tous deux échangent un regard et reviennent vers nous.

Bosco prend le temps de leur jeter le genre de coup d'œil glacial dont je n'aurai jamais le secret.

— Respectez l'entraîneur, bande de nuls, rugit-il.

Papa se racle la gorge.

— Bon. Revenons à l'exercice, à présent.

Je n'entends pas la suite, mais reste plutôt debout à regretter de ne pas avoir été celui qui a su maîtriser la situation. Bien entendu, Bosco n'a pas hésité à agir, lui!

Après la première heure, remplie à craquer d'exercices, papa nous laisse finalement *jouer*.

Mais il y a un piège!

— Je vais essayer quelque chose de nouveau, dit-il en consultant son calepin de notes pendant que nous sommes assis en cercle sur la glace. Bosco, nous allons t'essayer au centre.

— Au centre? demande Bosco, étonné.

— Oui, répond papa. Au milieu.

— D'accord, dit-il en haussant les épaules.

Je pense à ce changement depuis l'instant où papa en a fait mention. J'étais d'abord très enthousiaste à la pensée que Bosco ne serait pas dans son élément, mais plus j'y réfléchis, plus je comprends qu'il sera en fait au premier rang pour tirer au but.

Gretzky jouait au centre, bon sang!

Bosco pourra donc compter plus que tous les autres! Tout le monde lui passera la rondelle de tous les angles.

Alors, comment est-ce que je vais pouvoir compter plus de buts que lui?

Papa va-t-il m'envoyer au centre, moi aussi?

Il le faut!

— Et toi, Colin, je veux te faire jouer comme arrière droit.

— Mais je suis ailier gauche, répond Colin. Je joue à l'aile gauche depuis que je suis au monde ou presque.

— C'est précisément la raison pour laquelle il est utile de faire quelques changements, explique papa. Vous êtes tous enfermés dans vos rôles.

— Parce que nous sommes bons dans ces rôles-là, fait valoir Colin.

— Hé, dit papa, nous ne savons pas de quoi nous sommes capables tant que nous n'essayons pas. Prenez l'exemple de Wendel Clark.

— Qui? demande Louis.

— Un célèbre joueur des Maple Leafs, dis-je.

Je viens de lire ses résultats dans le quatrième volume de *Et c'est le but!*.

— Je n'ai jamais entendu parler de lui, déclare Louis.

— C'est sans doute parce qu'il ne jouait pas pour Détroit,

lui dis-je.

— En 1985, explique papa, les Maple Leafs l'ont repêché comme défenseur, mais il s'est révélé être l'un des meilleurs attaquants qu'avait eus l'équipe.

— Oui, mais Wade Belak, alors? demande Colin. Même équipe, même plan, mais désastre complet.

Wade Belak? Mais qu'est-ce que Colin a bien pu lire? Il faut que je retrouve ce nom dans la série *Et c'est le but!*

Papa fronce les sourcils.

— Je ne dis pas qu'il s'agit d'un plan à toute épreuve.

— J'espère, marmonne Colin.

— C'est lui l'entraîneur, Berger, dit Bosco.

Et comme d'habitude, ces paroles suffisent à clouer le bec à Colin.

— Louis, poursuit papa. Tu vas passer à l'aile gauche. Je t'ai vu faire du très bon travail dans le trio il y a quelques semaines.

— Génial! dit Louis en souriant.

— Oh, misère, dit Colin en soupirant.

Il se roule par terre, la tête dans ses mains.

— Patrick? dit papa.

— Oui? répond Patrick avec enthousiasme.

— Je te garde là où tu es : à la défense, à gauche.

— Oh, dit Patrick, l'air déçu.

Je continue d'attendre que papa m'attribue une position, mais il ne reste plus que la mienne, à l'aile droite, et celle du gardien de but.

Va-t-il me laisser sur le banc?

— McCafferty?

L'ébouriffé ne répond pas. Je me tourne vers lui et constate qu'il roupille tranquillement, la tête appuyée sur les genoux.

De la pointe de mon patin, je donne un petit coup sur le sien. Il sursaute et se relève brusquement.

— McCafferty? appelle encore papa.

— Présent! répond l'ébouriffé comme s'il était à l'école.

— Tu seras gardien de but.

Oh, non!

— Quoi? demande-t-il en se frottant les yeux. Pourquoi?

Colin relève la tête. L'air énervé, il explique à sa façon :

— Il mêle les choses. Nous serons complètement mêlés.

— J'ai parlé de « changer les choses », Colin, rectifie papa avec fermeté.

— Comme vous voulez, soupire Colin.

— Gardien de but? dit l'ébouriffé en se grattant le menton. Ça me paraît un peu dingue!

— Non, dit Louis, à peine assez fort pour que je l'entende. Ça semble *complètement* dingue!

— Croquette, poursuit papa. Tu restes à l'aile droite.

Je sens ma bouche qui devient sèche. Si Bosco joue au centre et moi, seulement à l'aile droite, il va évidemment gagner notre concours de buts!

— Pourquoi est-ce qu'il conserve sa position? demande Colin.

— Parce que c'est ce que je lui dis de faire, répond papa.

— Mais tous les autres ont dû changer, fait remarquer Louis en fronçant les sourcils.

— Pas moi, marmonne Patrick.

— Assez bavardé, les gars, dit papa.

L'échauffement commence donc, ponctué de grognements et de chuchotements sur le fait que tout ça ressemble à une vaste blague. Papa reste auprès de Christophe et de l'ébouriffé pour les aider à faire passer l'uniforme de gardien de l'un à l'autre.

Christophe semble trop heureux de s'en débarrasser.

L'ébouriffé paraît... réveillé, pour une fois.

J'essaie de voir le côté positif. Je conserve une position que je maîtrise super bien, ce qui signifie que je serai à mon aise alors que les autres essaieront de se familiariser avec leur nouveau rôle.

Le jeu dirigé se déroule assez bien, malgré quelques ralentissements. Lorsque celui-ci tire à sa fin, chacun semble plutôt satisfait d'avoir essayé une nouvelle position.

Jusqu'à ce que papa nous annonce que nous poursuivrons notre essai à la prochaine partie.

— Quoi! s'écrie Colin. J'ai été défenseur durant moins

d'une heure!

— Je parle d'un essai et de courte durée, lui dit papa. Vous ne changerez pas de position durant toute la partie, mais je vais placer chacun quelques minutes à la position de remplacement.

— C'est dingue, dit Colin.

Papa remet les pendules à l'heure.

— Ce qui est dingue, dit-il, c'est de n'avoir qu'un gardien de but et personne pour le remplacer s'il déménage. Ce qui est *dingue*, c'est d'attendre que le meilleur joueur de centre ou de défense doive lui aussi partir pour se mettre à chercher une solution de rechange.

Je dois admettre qu'il n'a pas tort. Faire la rotation des joueurs dans le but s'est révélé désastreux. Et si nous perdons un autre joueur, qui sait ce qui se produira?

— Maintenant, j'aimerais que nous abordions la question du capitaine d'équipe, dit papa à la fin de l'entraînement.

Lorsque Jason a déménagé, nous ne l'avons jamais remplacé. Il est grand temps de désigner quelqu'un d'autre.

— Comment allons-nous le choisir? demande Colin.

— Par un simple vote, dit papa.

Il tire de la poche intérieure de son blouson des crayons émoussés et des bouts de papier.

— Chacun de vous va inscrire le nom du gars qu'il aimerait voir agir comme chef et comme représentant devant les officiels. Et s'il vous plaît, évitez de voter pour vous-même.

Ça va être génial!

J'ai toujours rêvé d'être le capitaine de l'équipe. Et je ne peux pas imaginer que les gars choisissent quelqu'un d'autre. Après tout, je suis l'un des joueurs les plus dévoués et celui qui a compté le plus de buts dans l'équipe. Je m'entends bien avec tout le monde et pour couronner le tout, mon père est l'entraîneur!

À moins que ça joue contre moi?

Si les gars n'aiment pas la façon dont papa dirige les entraînements, est-ce qu'ils vont me pénaliser?

J'inscris le nom de Louis sur mon bout de papier en sachant pertinemment que je serai le seul à voter pour lui. Je ne risque rien.

Je regarde les autres remettre leur vote et attends que papa fasse le compte.

— Un pour Faucher, dit-il. Un pour Bosco.

Comment? Qui a voté pour Bosco?

— Deux pour Bosco, poursuit papa. Un pour Chen. Un pour McDonald.

Pas trop tôt!

— Deux pour McDonald. Oh, trois pour McDonald.

Génial!

— Trois pour Bosco. Quatre pour Bosco.

Mais je suis le seul de l'équipe à aimer Bosco!

Même s'il ne s'agit pas d'un concours de popularité... en fait, c'en est un!

— Deux pour Faucher. Cinq pour Bosco.

Est-ce qu'ils ont tous oublié l'attaque à cinq qu'il a causée contre les Tonnerres? Nous avons perdu la partie à cause de son mauvais caractère!

— Sept pour Bosco, dit papa. Félicitations au nouveau capitaine de notre équipe, Émile Bosco.

Ça alors! Je n'en crois pas mes oreilles!

* * *

À peine avons-nous mis les pieds dans le vestiaire, que les gars m'apostrophent.

— Croquette, il faut que tu parles à ton père, dit Jules.

Je fais semblant de ne pas comprendre.

— Je lui parle tous les jours.

— Tu sais ce que je veux dire, insiste Jules, mécontent.

— À propos des exercices, des changements de position et tout ça?

— Oui, répondent Antoine, Jules et Colin d'une seule voix menaçante.

— Cette ridicule plio-je-ne-sais-quoi n'est rien d'autre qu'une blague, dit Faucher.

— Oui, ajoute Colin. Et ces nouvelles positions? Ton père ne connaît rien là-dedans!

Je m'apprête à me jeter sur lui, mais Patrick et Louis me

retiennent. Je gronde :

— Ne parle pas de lui comme ça.

— Je peux dire ce que je veux, déclare Colin. Mon père trouve qu'il a déjà fichu notre saison en l'air.

— Eh bien, ton père et toi n'avez qu'à attendre la partie de samedi. Vous allez ravaler vos paroles.

— Mais oui, Croquette, dit-il en levant les yeux au ciel.

Patrick et Louis me lâchent et je suis déçu de constater que mes coéquipiers sont pour la plupart de l'avis de Colin. Ils n'osent même pas me regarder en face.

Je dis tout de même à qui veut m'entendre :

— C'est très sérieux. Le match de samedi sera un massacre.

Un lourd silence remplit le vestiaire, mais au moins Patrick Chen me tape dans la main en sortant en compagnie d'autres gars.

Il ne reste bientôt plus que Bosco et moi dans la salle. Encore une fois.

— Je n'arrive pas à croire que les gars ne saisissent pas ce que papa essaie de faire, dis-je.

— Moi, j'y arrive, dit Bosco avec un sourire narquois.

— Qu'est-ce que tu veux dire?

Bosco secoue la tête.

— Ils ne sont pas comme toi et moi, Croquette.

Je cesse de m'activer. Lui et moi? Bosco croit que nous sommes pareils? Vraiment?

Il s'appuie sur son bâton.

— Ces gars-là ne s'intéressent qu'au jeu dirigé et aux matches du samedi.

— Pas toi?

— Évidemment, dit-il en riant. Mais je pense aussi au championnat. Et à la saison prochaine. Et puis à la suivante.

— Moi aussi, dis-je en haussant les épaules.

— Tout à fait. Et nous voulons jouer au niveau junior, pas vrai?

— Mais oui, parce que si nous ne jouons pas au niveau junior...

Il termine ma phrase :

— Nous n'arriverons jamais à la LNH!

Je souris. Bosco et moi avons le même rêve.

— Exact.

— Je ne veux pas me contenter de jouer au hockey pendant que je suis un enfant et laisser tomber ensuite.

— Moi non plus.

— Je veux en faire ma vie, ma carrière.

— Moi aussi, lui dis-je. Je veux être Jean Ducette.

— Ah oui?

Il rit.

— Eh bien moi, je veux être Émile Bosco!

— Euh, ouais. Je veux dire, je veux être moi, mais...

— Émile Bosco, ailier droit du premier trio des Blackhawks de Chicago!

Il affiche un sourire suffisamment large pour découvrir certaines des dents qui, lorsque je l'ai connu, m'avaient semblé comparables à des crocs.

En souriant aussi, j'annonce à mon tour :

— Croquette McDonald, ailier droit du premier trio des Canucks de Vancouver.

— C'est bien ce que je dis : nous sommes pareils.

— Pareils.

— Donc nous savons tous les deux que nous avons beaucoup de travail à faire, continue Bosco. Je ne me plaindrai certainement pas de l'entraînement s'il m'amène à devenir un pro. Tu vois ce que je veux dire?

Je réponds par l'affirmative et comprends tout à coup pourquoi les gars l'ont choisi comme capitaine de l'équipe.

— Nous sommes les deux joueurs qui tenons le plus à y arriver, dit-il.

Et il a raison.

Je sais au plus profond de moi que le hockey m'importe davantage qu'à la majorité des autres gars de l'équipe.

Je suis plus déterminé qu'eux. Et Bosco également.

Alors, comment allons-nous nous y prendre pour convaincre le reste des Cougars de se prêter au jeu?

Chapitre douze

Depuis mon réveil samedi matin, je pense encore au test de maths de la veille. Comme d'habitude, je ne sais pas du tout si j'ai réussi, et M. Houle doit corriger les copies au cours de la fin de semaine.

Comme s'il avait besoin de deux journées complètes!

Même si je sais bien qu'il a tous les tests à corriger et qu'il ne cherche pas à me punir, j'aurais souhaité qu'il s'empresse de le faire vendredi après-midi pour m'épargner cette torture.

J'y pense durant tout le trajet jusqu'à Esquimalt et la route est longue!

Trois autres mères de l'équipe se sont levées tôt ce matin pour nous conduire là-bas en fourgonnette. Maman conduit la quatrième fourgonnette, dont papa, Louis, l'ébouriffé et moi sommes passagers. Alors que les autres gars dorment, mes parents et moi discutons.

Papa a l'intention de nous faire jouer à nos nouvelles positions et cette perspective m'inquiète.

L'entraînement d'une heure auquel nous avons eu droit me paraît nettement insuffisant. Un peu comme si l'on apprenait à un enfant la nage du chien avant de le jeter dans le Pacifique!

Et puis... adopter de nouvelles positions durant une partie?

— C'est le moment parfait pour essayer, aujourd'hui. Vous jouez contre une équipe beaucoup moins forte que la vôtre. Il s'agira presque d'un entraînement, au fond.

Je m'adosse à mon siège et soupire.

Mieux vaut ne pas trop y penser : j'en ai mal au ventre.

Surtout quand j'imagine Bosco au centre et tous les buts qu'il pourrait compter.

Il va remporter notre compétition et il m'a déjà battu lors de la sélection du capitaine d'équipe. Et s'il devenait par-dessus le marché le joueur le plus utile à son équipe?

Je sens naître un mal de tête.

Pour une fois, je ne veux pas penser au hockey. Je rêve plutôt à cette poussée de croissance que maman ne cesse de me faire miroiter. Je regarde défiler le paysage en me demandant quand j'arriverai au moins à dépasser Léa Patterson, puisque nous sommes les deux élèves les plus petits de tous ceux de sixième année.

Maman et papa se mettent à discuter de leur projet de remplacer la moquette dans le séjour et je ne tarde pas à m'assoupir aussi.

Après tout, qui peut entendre parler de moquettes plus de quarante-cinq secondes sans s'endormir?

À mon réveil, nous entrons dans le stationnement de l'aréna d'Esquimalt.

— Prêt? me demande papa alors que mes camarades et moi nous étirons en bâillant.

Je n'ai pas trop à me poser la question, puisque papa est convaincu que nos adversaires d'aujourd'hui ne sont pas aussi forts que nous. Leur équipe est de fait la dernière de la ligue, ce qui nous garantit presque la victoire.

Et si nous nous trouvions au cœur d'une série de parties gagnantes, mes coéquipiers n'auraient pas de quoi se plaindre tout de même!

— Tout à fait, dis-je en sautant de la fourgonnette.

À en juger par les conversations qui vont bon train dans le vestiaire, tous les membres de l'équipe sont prêts eux aussi à l'emporter sur les Aigles.

Mais nous n'allons pas tarder à déchanter!

* * *

Le plus drôle, à propos des Aigles, c'est qu'ils sont non

seulement la pire équipe de la ligue, mais également celle dont l'allure est la plus étrange. Les gars de notre groupe d'âge sont à peu près tous de la même taille (à part moi qui ai l'air d'une crevette et un type comme Bosco qui ressemble à un gorille). Mais les Aigles, eux, vont dans tous les sens.

Leur gardien de but est du genre cure-dents et les rondelles volent allègrement de part et d'autre de ses bras maigrichons. Par contre, leur énorme joueur de centre n'arriverait pas à patiner même si sa vie en dépendait. Quant aux ailiers, ils traînent de l'arrière et semblent toujours avoir plus envie de regarder la partie que de participer eux-mêmes.

Si l'on ajoute à ce portrait leur uniforme vert et brun, l'ensemble est absolument dégueu.

Juste avant le début du match, papa nous annonce que nous allons commencer à nos nouvelles positions. J'inspire profondément, attendant que les gars tentent de le faire changer d'avis, mais ils demeurent plutôt silencieux. Ils se sont peut-être dit que l'idée n'était pas si mauvaise, au fond.

C'est du moins ce que je crois jusqu'à ce que j'entende Jules faire remarquer à Colin que papa a ses favoris et que c'est pour cette raison qu'il me garde comme ailier droit. Je n'aime pas du tout ces propos.

Il n'a pas de favoris. Après tout, c'est Bosco qui risque de devenir la machine à buts, pas moi!

Je dois me maintenir à son niveau, ce qui veut dire que je dois jouer l'une des meilleures parties de ma vie.

Encore une fois.

Et c'est ce que je fais dès que la rondelle touche la glace.

Mais je ne peux pas en dire autant des autres! Ils sont d'une nullité absolue!

L'ébouriffé est si mauvais comme gardien de but, que nous aurions mieux fait de jouer à filet ouvert!

Franchement.

Louis ne se montre pas suffisamment déterminé devant l'offensive des Aigles. Les joueurs adverses ne cessent de filer à côté de lui comme s'il était un fantôme.

Un fantôme pleurnichard.

Mais la plus grande surprise, c'est Bosco.

Même si je m'inquiétais de le voir en situation rêvée pour compter, j'avais trouvé un baume à mettre sur ma plaie. Je songeais aux partenaires célèbres de la LNH comme Robitaille et Gretzky, ou à la ligne de production de Détroit, dont il était question dans le premier volume de *Et c'est le but!*.

Bosco au centre pourrait faire des merveilles.

Comme je m'étais convaincu que nous pourrions former un tandem formidable, je suis mi-déçu, mi-soulagé de le voir complètement perdu. On croirait qu'il joue au hockey pour la première fois.

Vers la fin de la première période, lorsque nous revenons tous les deux au banc pour reprendre notre souffle, je lui demande :

— Qu'est-ce que tu fabriques?

— Ce que je fabrique? Je n'ai jamais joué au centre de ma vie!

— De toute évidence!

— Qu'est-ce que tu as dit? grogne-t-il.

— J'ai dit...

— Répète-le rien que pour voir, Croquette.

— D'accord, d'accord. Écoute, c'est comme si tu jouais à droite, mais... au centre.

— Merci de ces précisions, le génie.

— Je dis seulement que...

— Si tu crois que tu peux faire mieux, prends ma place.

— Prendre ta place?

— Laisse-moi jouer à l'aile droite et toi, va patauger au milieu.

— Je ne peux pas changer de place comme ça. Papa... je veux dire l'entraîneur m'a placé là où je suis.

— Que c'est pratique, dit Jules. Tu es le seul à jouer à ta position habituelle.

Je leur rappelle que j'ai compté trois buts!

J'en ai maintenant quatre d'avance sur Bosco pour la saison!

Il n'a pas compté une fois.

— Justement, grommelle Bosco.

Les gars se révèlent incapables de reprendre leur rythme à ces nouvelles positions et les partisans qui se sont déplacés pour les voir jouer commencent à réagir plutôt vigoureusement.

— Remettez Colin à l'aile gauche! crie Mme Berger. Son remplaçant ne sait pas où aller!

— Oui, et replacez Christophe dans le but! lance Mme Faucher.

— Non, maman, supplie Christophe sur le banc, trop heureux de ne plus être devant le filet.

— Cette partie devrait être un carnage, dit sa mère.

Je maugrée :

— Nous gagnons. De peu, mais nous gagnons.

— Bosco n'a pas compté un seul but, dit Louis. Ça indique clairement que quelque chose ne tourne pas rond.

— Ton père ne nous fera pas reprendre nos positions normales, hein? demande Christophe, l'air soucieux.

— Pourtant, ça vaudrait mieux, dit Louis.

— Je crois que c'est ce qu'il va faire, mais je ne sais pas quand, leur dis-je.

— Peut-être quand tu auras compté une dizaine de buts, ironise Bosco.

— Très drôle.

— Non, gronde Bosco. Pas drôle du tout.

La mère de Colin s'approche du banc pour parler à papa.

— Comment se fait-il que votre fils, lui, ait conservé sa position? demande-t-elle.

— Parce que c'est là que je l'ai placé, lui répond papa.

— Mais…

— Je ne discuterai pas avec vous, lui dit-il en croisant les bras et en se retournant vers le jeu.

Même si je joue on ne peut mieux, je commence à souhaiter que papa me place ailleurs pour que je devienne aussi gauche que tous les autres.

Les gars pensent que j'ai droit à un traitement de faveur et je déteste ça.

Alors pourquoi papa ne m'attribue-t-il pas une autre

position?

À la deuxième période, je reviens au jeu, ce qui est génial. Si ce n'est du fait que mieux je joue, plus je me sens mal.

Après plusieurs minutes, papa remet finalement chacun à sa position habituelle, mais il est trop tard.

Même de retour à leur place, les gars n'arrivent pas à se rattraper. Trop frustrés de la façon dont les choses se sont passées, ils ne parviennent plus à se concentrer sur le jeu.

À une minute et demie de la fin, alors que les deux équipes vont vraisemblablement terminer ex æquo, Bosco pète les plombs.

Un joueur des Aigles bloque son tir et Bosco fonce sur lui.

— Le voilà qui recommence, dit papa alors que notre gorille est envoyé au banc des punitions.

Bon sang, si ce ne sont pas les stratégies de papa qui nous font perdre la partie, ce sera l'attitude de Bosco!

Nous n'avons plus que quatre joueurs sur la patinoire lorsque les Aigles comptent de nouveau.

Nous perdons 5-4 : le choc du siècle!

Juste avant que nous retournions au vestiaire, Colin lance à papa :

— Quelqu'un ne vous a pas déjà dit qu'il s'agissait de jouer au hockey, pas d'humilier les joueurs?

Papa ne répond rien.

* * *

Lorsque nous rentrons à la maison après un voyage de retour essentiellement silencieux, le répondeur clignote, affichant onze messages.

Cinq sont du père de Colin, qui veut savoir pourquoi son fils ne joue pas à sa position habituelle.

Deux sont du père de Louis, qui demande à papa ce qui a bien pu lui passer par la tête et menace de téléphoner à l'entraîneur O'Neal.

La mère de Louis en a quant à elle laissé trois, essayant de parler plus fort que son mari, lequel continue de crier à l'arrière-plan.

Le dernier message est de l'entraîneur O'Neal. Il demande

à papa de le rappeler.

— J'ai trop attendu, dit papa en soupirant profondément. J'aurais dû replacer tous les joueurs plus rapidement à leur position habituelle.

Ça ne fait aucun doute.

— Pourquoi tu ne l'as pas fait?

— Parce que tout s'était si bien passé à l'entraînement! J'attendais que le déclic se fasse et que les choses rentrent dans l'ordre.

— Mais quand la pire équipe de la ligue nous a rattrapés…

— Je sais, Croquette, dit-il en secouant la tête. Mais mon plan aurait vraiment dû fonctionner.

Papa monte téléphoner à l'entraîneur O'Neal dans le bureau et je me réjouis de ne pas pouvoir entendre leur conversation.

* * *

— Et puis? demande maman, lorsqu'il redescend vingt minutes plus tard.

— Certains parents l'avaient mis au courant, lui dit papa.

Aïe!

— Alors? dit maman.

— Il croit que le changement de positions est une bonne idée, si l'on pense au vide qu'a laissé le départ de Jason l'ancien gardien de but.

— C'est bien, dit maman en hochant la tête.

— Il avait également entendu parler du temps de glace, alors je lui ai expliqué que nous reprenons ce temps durant les entraînements du mercredi. Il n'y voit pas d'inconvénient.

Maman sourit.

— Tout ça semble très positif, dit-elle.

— Ce l'était, jusqu'à ce qu'il soit question de la défaite d'aujourd'hui.

— Oh, dit-elle en fronçant les sourcils.

— Disons simplement que l'entraîneur O'Neal était *déçu* que nous ayons perdu face à une équipe aussi faible.

Je suis content de ne pas avoir entendu les vrais mots qu'il a utilisés.

— Et quel est le verdict? demande maman.

— Il m'a dit d'y aller doucement pour ce qui est des changements. Il trouve que c'est trop à la fois.

Super. Ça veut dire que même l'entraîneur est en colère contre papa.

— Si c'est ce que veut l'entraîneur, tu devrais probablement... commence maman.

Papa l'interrompt en la serrant contre lui.

— Ne t'en fais pas, chérie. Je sais ce que je fais et je compte bien le démontrer à tout le monde.

Ce ne sont pas les paroles que j'aurais souhaité entendre.

Nous sommes au milieu d'un tel gâchis, que j'en perds même l'appétit. C'est à peine si je mange mon poulet. Et moi qui dévore d'habitude les épis de maïs, je laisse celui-ci entier dans l'assiette.

Plus tard au cours de la soirée, lorsque papa m'invite à regarder la partie des Leafs à la télé, je me contente de secouer la tête et de monter à ma chambre.

— C'est un jeu, fiston, me lance-t-il. Il arrive qu'on perde.

Ouais, c'est ça.

Mais pas contre les satanés Aigles.

Chapitre treize

Les lundis sont toujours ultra moches, mais de commencer la semaine par un entraînement rend la situation encore mille fois pire.

Je déteste le fait que les parents se soient ligués contre papa et l'aient dénoncé à l'entraîneur. Et je déteste le fait que papa ne semble pas vouloir abandonner ses grands projets.

Nous ne parlons pas beaucoup durant le déjeuner et je devine qu'il réfléchit à des tas de trucs.

C'est ce que je fais aussi.

Le plus nul, dans la façon dont les choses sont en train de virer, c'est que j'étais si content que papa devienne l'entraîneur de l'équipe. À présent, j'en ai ras le bol de voir les gars lui donner du fil à retordre et encore plus ras le bol de constater qu'il agit à sa façon comme si de rien n'était.

Et je ne parle même pas de la défaite face aux Aigles...

Ça, c'est le pire!

Il faut que je fasse quelque chose.

— Papa, pourrais-tu, s'il te plaît, revenir aux exercices que nous faisait faire l'entraîneur O'Neal?

Il prend une bouchée de rôtie.

— Ce que nous faisons est très bien aussi.

Sentant la frustration me gagner, je lui réponds :

— Sauf que ça ne fonctionne pas.

Comment peut-il ne pas s'en rendre compte!

— Je ne suis pas d'accord, Croquette. Et même si effectivement, les nouvelles idées ne fonctionnaient pas tout de suite, il faut prendre le temps de voir comment elles se développent.

Je prends une inspiration profonde.

— Ce qui est en train de se développer, c'est la colère des parents.

Papa cesse de mastiquer et me regarde fixement.

— Je sais ce que je fais, fiston, et je ne commencerai pas à recevoir des ordres d'une bande de spectateurs qui ne connaissent rien.

— Mais quand l'entraîneur O'Neal…

— Je lui suis reconnaissant de ses conseils, mais…

— Ce ne sont pas des conseils, papa. Il t'a dit ce qu'il voulait que tu fasses.

Papa soupire.

— Écoute, Croquette. L'entraîneur O'Neal est d'une autre époque en ce qui concerne les sports. Il est de la génération précédente et à ce moment-là, on faisait les choses différemment. Il ne tardera pas à voir que ma façon de procéder aide l'équipe et il en sera content. La pliométrie et le changement de positions pourraient nous conduire au championnat.

Aucun autre argument ne me vient à l'esprit et de toute manière, il ne m'écouterait pas.

Tant pis.

J'ai bien essayé de le soutenir, mais suis-je obligé de rester là à le regarder détruire l'équipe?

* * *

En arrivant au vestiaire, j'ai tôt fait de constater que les gars se rangent presque tous du côté des parents en colère.

Louis est même venu à l'entraînement avec Colin plutôt qu'avec nous. Pendant que nous nous changeons, il évite soigneusement de me regarder.

À part Bosco, qui ne s'est pas encore pointé, seuls quelques gars appuient papa et ce sont précisément ceux qui ne s'expriment pas beaucoup, comme Patrick Chen et les triplés

Watson. Bon sang, je ne suis même plus du côté de papa.

— Laisse-moi deviner, dit Colin avec un petit sourire. C'est la pliométrie, aujourd'hui, Croquette?

Je secoue la tête.

— On court.

— Donc, les Lucioles vont encore une fois utiliser notre temps de glace?

Je lui rappelle que nous aurons un entraînement de deux heures mercredi, exactement comme la dernière fois.

— Ouais, pour s'entraîner aux mauvaises positions, dit Colin.

La course, j'en suis assez certain, est la pire décision que papa puisse prendre.

Avant de recevoir ces appels désagréables, il avait prévu passer l'entraînement du lundi sur la patinoire. Il m'a même dit qu'il y aurait certainement une séance de jeu dirigé parce qu'il souhaitait que les gars se sentent plus à l'aise à leurs nouvelles positions.

Mais il a carrément laissé tomber ce plan (et de haut), puisqu'au beau milieu du match des Maple Leafs, il a lancé la chaîne téléphonique afin de prévenir tout le monde que l'entraînement du lendemain allait se dérouler hors glace.

J'aimerais tellement qu'il comprenne que le fait de céder et de faire ce que tous lui demandent n'est pas la fin du monde. D'autant plus que maman et lui ont sans cesse le mot « compromis » à la bouche!

La défaite contre les Aigles a marqué le pire et le plus déprimant moment de toute ma carrière de hockeyeur. Il faut absolument que les choses reviennent à la normale, c'est-à-dire comme avant.

Pourquoi papa a-t-il besoin de se montrer aussi entêté?

Est-ce que ce serait si grave, de nous laisser jouer au hockey pendant les entraînements de hockey?

— Je trouve ça stupide, dit Colin en laçant ses chaussures de course. Ce n'est même plus du hockey.

— Bien d'accord, renchérit Louis.

Les gars paraissent surpris de me voir acquiescer moi aussi.

— Qu'est-ce qui se passe, Croquette? demande Christophe.

Je hausse les épaules.

— Rien.

J'en ai assez de tous ces drames.

Colin me demande :

— Y a-t-il quelque chose que tu ne nous dis pas, *encore une fois?*

— Non, c'est seulement… que je suis frustré, moi aussi.

— Alors, fais quelque chose, dit Colin. C'est ton père!

— Écoute, j'ai bien essayé de lui parler, mais ça n'a rien donné.

— Nous devrions peut-être faire la grève, propose Jules.

Quelques-uns des gars sont d'accord.

Quoi!

— Brillante idée, dit Patrick. Comme ça, notre saison sera vraiment à l'eau!

— Ça vaut mieux que de la passer à perdre, marmonne Colin.

— Non, ça ne vaut pas mieux, nous dit Patrick en laissant tomber son sac sur le banc. N'importe quelle saison vaut mieux que pas de saison du tout. Vous vous rappelez, quand nous étions petits et que toute la LNH avait fait la grève?

— Non, rétorque Colin.

— Moi, je me rappelle, dit Louis en soupirant. C'était super moche.

— Je sais, dis-je.

Un fait que j'ai lu me revient à l'esprit :

— C'est la seule année depuis 1919 où personne n'a obtenu la Coupe Stanley. Les équipes n'ont pas joué un seul match.

Silence complet. On entendrait voler une mouche.

— Écoutez, dit enfin Patrick. Courir un peu ne nous fera pas de mal. Et nous revenons sur la patinoire deux fois plus longtemps à l'entraînement suivant.

— Les choses ont intérêt à changer, ici, dit Colin. Sinon…

Il me pousse légèrement au passage en se dirigeant vers la patinoire, Louis sur les talons.

— Sinon quoi? demande Patrick sans obtenir de réponse.

— Tu viens, Croquette? me lance Colin par-dessus son épaule alors qu'il ouvre la marche devant Louis et Jules dans le couloir.

Je regarde Patrick qui a défendu papa et je me sens rougir.

— Bosco aurait dit quelque chose, me fait-il remarquer à voix basse. Il leur aurait cloué le bec.

— Oui, mais il n'est pas là, dis-je.

D'ailleurs, où est-il? Le meilleur allié de papa est absent.

À cet instant précis, je décide de suivre les gars et de laisser Patrick, l'ébouriffé et les autres appuis de papa derrière. Je me réjouis que Bosco ne soit pas témoin de ça.

J'avance dans le couloir, étonné de ne pas le voir apparaître. Jamais il ne manque un entraînement.

Jamais.

Lorsque j'arrive à la patinoire, tous les gars sont debout et il règne ici encore un silence absolu.

Je ne vois papa nulle part.

Je demande aux autres ce qui se passe.

— Mon père et M. Claveau sont venus parler à ton père, dit Colin avec un sourire narquois.

Comme j'entends des voix près de la cantine, je m'approche. Je sens mes mains devenir moites. Les autres me suivent en chuchotant.

En m'approchant des trois pères, je constate qu'ils ont tous le visage rouge.

Ça n'augure rien de bon.

— Vous n'avez même pas les compétences nécessaires pour être entraîneur, affirme M. Berger.

Quoi?

J'ai l'impression qu'on m'a donné une gifle et papa a vraiment l'air d'en avoir reçu une.

— Oui, avoir *presque* fait partie de l'équipe des Flames n'est pas comme si tu avais vraiment joué dans l'équipe, Paul, renchérit le père de Louis.

— Mais je n'ai jamais dit ça, rectifie papa.

Il semble très énervé.

— Et je n'ai rien à vous prouver, ni à l'un ni à l'autre. Si tout ça a tant d'importance à vos yeux, vous auriez dû vous porter volontaires pour remplacer l'entraîneur O'Neal.

— Je n'étais pas... commence M. Berger, mais papa lui coupe la parole.

— Vous n'étiez pas là? Évidemment. Vous n'avez pas assisté à une seule partie, cette saison.

— Mais...

— Vous avez dû vous présenter tout à l'heure parce que je ne vous ai jamais vu durant les sept ans que les garçons ont passé à jouer ensemble.

Le visage de M. Berger passe au rouge plus foncé.

— Eh bien moi, je suis venu, et... commence à son tour M. Claveau.

— Et tu connais ce sport-là à fond? lui demande papa, semblant en douter.

— Absolument! dit le père de Louis en postillonnant.

Dégueu.

— Ah bon? Dans ce cas, réponds à une question, Guy. Si l'un de nos joueurs inflige un double échec au gardien de but adverse pendant qu'il se trouve dans la zone de but, qu'est-ce qui se passe?

— Il a une punition majeure, répond le père de Louis en secouant la tête comme s'il s'agissait d'une question stupide.

— Et puis? demande papa.

— Et puis quoi?

— Je te pose la question, Guy.

— Il se rend au banc des pénalités!

Le père de Louis secoue de nouveau la tête, mais il semble cette fois moins sûr de lui.

— L'arbitre va également infliger une punition d'extrême inconduite, dit papa.

— Et alors? demande M. Claveau en fronçant les sourcils.

— Alors, tu dois connaître ces règles-là pour être entraîneur, Guy. Une autre question?

Papa n'attend pas la réponse du père de Louis.

— Suppose que Louis casse son bâton en jouant.

— Il laisse tomber les morceaux cassés sur la glace, puis

il s'en débarrasse, répond M. Claveau, qui semble se prendre pour un génie.

— Et ensuite, il fait quoi?

— C'est ridicule, déclare M. Berger en secouant la tête.

— *Il en utilise un autre*, dit M. Claveau, les yeux au ciel.

— Et si le bâton cassé est celui du gardien de but?

— C'est pareil! dit M. Claveau en haussant les épaules.

— Donc, le gardien de but prend un autre bâton sur le banc de l'équipe?

— Évidemment!

— Eh bien, seulement s'il accepte une pénalité pour retard d'un match, dit papa.

— Quoi?

Papa secoue la tête.

— Vous pourrez dire ce que vous voulez de mes méthodes, mais le fait est que je suis le seul à avoir accepté de remplacer l'entraîneur O'Neal. Et tant que vous n'aurez pas lu les règlements du début à la fin, ne venez plus nous faire perdre nos minutes d'entraînement.

Les deux pères se regardent, puis tournent les yeux vers nous.

— Viens, Colin. On s'en va, dit M. Berger.

Colin semble bouleversé.

— Mais papa...

— *Tout de suite!*

Dire que Colin était prêt à faire la grève! Il affiche à présent un air pitoyable en repartant vers le vestiaire.

— Même chose pour toi, Louis, dit M. Claveau. Ramasse tes affaires et sortons d'ici.

Lorsque Louis s'éloigne la tête basse, M. Claveau se tourne vers papa :

— La discussion ne s'arrêtera pas là, dit-il.

— Certainement pas, ajoute M. Berger.

Puis ils sortent tous les deux.

Jules me regarde.

— Est-ce que tu vas rester?

— Eh bien... oui. Et toi?

— Je ne veux pas partir, dit-il en haussant les épaules.

Je m'attends à ce que papa commente le comportement ridicule de ces deux pères, mais il n'en fait rien. Il se contente d'un coup de sifflet.

— Le temps file, les gars. On est partis! dit-il.

Pendant que nous courons dans les rues sombres sous une pluie fine, les gars demeurent plutôt silencieux. Les seules remarques que j'entends sont celles de Patrick, qui estime géniale la façon dont papa a tenu tête aux autres pères et trouve que ceux-ci ont eu l'air ridicules en essayant de répondre aux questions.

— M. McDonald connaît vraiment le sujet à fond, conclut Patrick.

— C'est bien évident! dit Jules comme s'il n'avait pas été du côté de Colin depuis le début. Il a été arbitre, bon sang. C'est un expert.

Je cours au même rythme que les autres, mais seul et un peu à l'écart sur le côté de la route pour mieux réfléchir.

Je suis super fier de la façon dont papa a résisté à ces types-là et ils se sont vraiment ridiculisés. Mais alors que Patrick l'a défendu, j'ai fait la bêtise de suivre Colin.

À présent, Jules a changé de camp et j'ai l'impression d'être un imbécile.

Rien ne fonctionne comme il le faudrait.

Mais il y a pire : les Cougars risquent de devoir essayer de gagner sans Colin et Louis.

Comment allons-nous y arriver?

* * *

Puisque Bosco était absent à l'entraînement, je ne m'attends pas à le trouver à l'école. Pourtant, il est bel et bien au cours de maths et se comporte comme si de rien n'était.

Je lui demande :

— Où étais-tu, ce matin?

— Au lit, répond-il en fouillant dans son sac à dos.

Incrédule, je répète.

— Au lit?

— Ouais, je suis resté couché.

— Et tu as raté l'entraînement, dis-je.

Évidemment, je ne lui apprends rien. Il me regarde fixement.

— C'est ça.

— Mais, est-ce que tu seras là mercredi?

— Probablement.

Je soupire.

— Bosco, je ne sais pas si tu es au courant de ce qui s'est passé ce matin, mais…

— Ouais.

— Bon. Alors, à présent, nous ne pouvons plus compter ni sur Louis ni sur Colin. Et tu sais que si tu rates l'entraînement qui précède un match, tu ne peux pas jouer.

— Je sais, Croquette.

Il laisse tomber ses manuels sur son pupitre en provoquant un bruit sourd, puis poursuit :

— Écoute, j'ai dû dissuader mon père de s'amener à l'aréna ce matin, d'accord.

— Vraiment?

Je n'ai jamais vu le père de Bosco, mais je suppose qu'il a beaucoup en commun avec King Kong.

— Ouais. Cette idée de me faire jouer au centre ne le réjouit pas tellement.

— Mais…

— Et moi non plus, d'ailleurs.

— Ça, tout le monde l'a su. Jolie pénalité pour terminer la partie, samedi dernier.

Il me lance un regard furieux.

— Toute ma vie, j'ai été le meilleur joueur de chacune des équipes dont j'ai fait partie.

Est-ce qu'il inclut les Cougars? Parce que je suis assez sûr d'être meilleur que lui.

— Te rends-tu compte de ce que c'était, de ne pas compter un seul but, samedi?

— Hum…

— Mais non, tu ne t'en rends pas compte, rétorque-t-il. Tu étais trop occupé à jouer les vedettes.

— C'est bon, c'est bon, dis-je. Mais avais-tu vraiment besoin de foncer sur ce joueur?

— J'étais en colère, Croquette. Alors oui, j'ai foncé.

J'insiste :

— Même en sachant que tu faisais payer l'équipe?

— En ce moment, l'équipe paie pour *tout*. J'aime bien ton père et je comprends ce qu'il essaie de faire, mais je ne veux plus jamais jouer comme ça.

— Bosco, que tu joues au centre n'est pas forcément une mauvaise idée.

— Pourquoi? Parce que de cette façon, tu seras celui de nous deux qui comptera le plus de buts de la saison?

— Je t'assure, ça pourrait être très bien. Réfléchis… nous pourrions être comme les jumeaux Sedin…

Il se met à rire.

— Absolument! Surtout que je mesure presque un mètre de plus que toi!

Il exagère énormément (il est peut-être plus grand d'une soixantaine de centimètres), mais je laisse passer.

— Je ne parle pas du fait qu'ils soient jumeaux, mais du tandem formidable qu'ils forment sur la patinoire.

Il secoue la tête, sceptique.

— Si tu le dis…

Je saisis l'occasion de défendre papa après ma bêtise de ce matin.

— Je crois que mon père tient quelque chose, dis-je. Regarde Jamie Benn.

— De Dallas? Je déteste les Stars.

— Ce que je veux dire, c'est qu'on l'a fait passer de l'aile au centre et qu'il joue de façon formidable.

— Croquette, dit Bosco en soupirant.

— Tu savais que Mark Messier jouait comme ailier gauche avant de devenir joueur de centre?

— Ouais.

Comme je ne m'attendais pas à ce qu'il le sache, je dois réfléchir à toute vitesse.

— Eh bien, ce type-là a remporté six fois la Coupe Stanley,

Bosco.

— Mais autant que je sache, nous faisons partie d'une équipe de jeunes dans une ligue insulaire et je ne pense pas que nous soyons sur le chemin de la Coupe Stanley, du moins cette saison.

— Mais c'est toi qui parlais d'une carrière dans la LNH et de l'importance de travailler fort. Pourquoi est-ce que tu ne vois pas la situation dans son ensemble?

Il me jette son regard particulier.

— Et précise-moi donc cette situation, alors…

— Si nous faisons équipe sur la patinoire, nous pouvons devenir plus forts que jamais.

— Ce n'est pas ce qui m'intéresse, dit-il en soupirant. C'est l'aile droite. *Gordie Howe* était ailier droit.

— Il était *ambidextre*.

Comme j'ai dû chercher ce mot dans le dictionnaire lorsque je suis tombé dessus en lisant le deuxième volume de *Et c'est le but!*, je sais qu'il signifie que Howe était à la fois droitier et gaucher.

— Oui, mais il a *toujours* joué à l'aile droite. Lui, Brett Hull, le Rocket, ils étaient tous ailiers droits.

Heureusement, j'ai des munitions. J'énumère.

— Oui, mais qui a joué au centre? Bon sang, mon gars : Gretzky, Lemieux, Yzerman. Federov a joué au centre, à l'aile droite *et* à la défense! Bosco, tu deviens le Sergei Federov de l'île de Vancouver si tu réussis!

— Justement, Croquette. *Si*. Et tu as vu ce qui s'est passé au match, samedi?

— Je sais. Mais tu dois au moins essayer.

Bosco ne dit rien et je n'arrive pas à deviner si j'ai réussi à le faire changer d'avis.

— Écoute, me dit-il enfin. Je respecte ton père et je respecte aussi sa méthode d'entraînement. Je n'aime pas la perspective de jouer au centre, mais je vais accepter le changement de position si je dois le faire.

Parfait!

— Génial! dis-je en hochant la tête.

— Oui, sauf que mon père, lui, ne collaborera pas aussi volontiers. J'ai préféré manquer l'entraînement ce matin plutôt que de le voir tailler ton père en pièces.

Le tailler en pièces?

Je déglutis péniblement.

— Merci, mon vieux.

— Pas de quoi. Pour l'instant, en tout cas.

Je m'assois à mon pupitre et attends que M. Houle nous remette nos tests.

Je ferme les yeux et imagine un soixante-quinze ou un quatre-vingts inscrit à l'encre rouge sur le coin supérieur droit de la page. Après tout, le rattrapage que me fait faire Bosco va bien finir par produire des résultats!

J'ouvre les yeux en entendant se rapprocher les pas de l'enseignant.

— M. McDonald, dit-il en me tendant la feuille avec un léger signe de tête affirmatif.

Le souffle presque coupé, je pose les yeux sur la page.

Soixante-dix-sept.

Génial!

Bosco se tourne vers moi, et je lui souffle ma note. Il me fait un signe de la main, me félicitant.

Fiou!

Finalement, les maths ne m'empêcheront pas de jouer (pour cette semaine, en tout cas). Je ferme de nouveau les yeux. Quel soulagement!

Oui. Parce qu'après tout, sans la participation de Louis et de Colin, la saison des Cougars se trouve déjà suffisamment en péril.

Chapitre quatorze

Bosco et moi sortons ensemble du cours de M. Houle, prêts à nous diriger sans tarder vers la bibliothèque, où se tient aujourd'hui notre séance de tutorat. Mais je ne suis même pas arrivé à mon casier que j'entends mon nom dans le haut-parleur.

— Jonathan McDonald est demandé au bureau du directeur.

Hein?

— Les carottes sont cuites! dit Bosco en me donnant un petit coup de poing sur l'épaule.

— Je n'ai rien fait, lui dis-je.

— Il faut t'en tenir à ton histoire. Ne change pas une ligne, dit-il en riant.

Je n'arrive pas à trouver ce que j'ai pu faire pour qu'on m'appelle ainsi. Sapristi! J'ai passé toute la fichue journée en classe!

Alors que Bosco et moi marchons vers le bureau du directeur, un groupe d'élèves se permet des commentaires stupides sur les ennuis que je risque d'avoir.

Lorsque nous arrivons enfin, j'entre et manque de m'écraser contre ma sœur.

Étonné, je lui demande ce qu'elle fabrique là.

— Je viens te chercher, tête de noix!

Elle accroche la courroie de son sac à main sur son épaule, puis passe devant moi et devant Bosco, qui la regarde bouche bée comme d'habitude.

Ma sœur mesure au moins un mètre quatre-vingts et ses jambes comptent pour quatre-vingt-dix pour cent de sa taille. Elle fait des pas énormes, ce qui m'oblige toujours à courir pour la rattraper.

Mais ce n'est pas le cas de Bosco. Mon copain démesuré marche fièrement à ses côtés, affichant un sourire ridicule.

Je lance à ma sœur :

— On va où?

— Devine, dit-elle par-dessus son épaule.

— Je ne sais pas. Au centre commercial?

— Ha! Comme si je voulais être vue au centre commercial avec deux crapauds!

Est-ce qu'elle n'a pas pourtant essayé de m'y traîner il y a quelques jours à peine?

— Mais où, alors?

— À la maison, jambon!

— Mais nous allons à la bibliothèque, lui dis-je.

— Plus maintenant.

— Virginie, sérieusement. Qu'est-ce qu'il y a?

Elle s'arrête et se retourne pour me regarder, les mains sur les hanches.

— Il y a que maman ne m'a laissé utiliser la fourgonnette qu'à condition que je passe te prendre.

— Mais...

— Allez. Grouille-toi!

Lorsque nous apercevons la fourgonnette, même Bosco a un mouvement de recul.

Stationnée en diagonale, elle occupe presque trois espaces. Je n'aurais jamais cru une telle chose possible si je ne l'avais vue de mes propres yeux.

— Ouf! dit Bosco à voix basse.

— Attends, lui dis-je. Tu n'as encore rien vu!

Et en effet, les choses empirent.

Lorsque Virginie ne freine pas brusquement, elle dévie vers la ligne double. Et juste au moment où je me dis que je ne survivrai pas à ce trajet, elle sort son téléphone cellulaire.

Je m'écrie :

— Mais qu'est-ce que tu fais là?

— À ton avis?

— Tu n'as pas le droit de téléphoner en conduisant!

— Je ne téléphone pas, dit-elle.

Je me remets à respirer.

— Ah, parfait.

— J'envoie un message texte rapide.

Ma gorge se serre :

— Quoi?

— Est-ce que ce n'est pas illégal? demande Bosco en avalant de toute évidence péniblement.

Je ne l'ai jamais vu effrayé et je me moquerais volontiers de lui si je n'étais pas moi-même terrorisé.

— Tu es qui, toi? Le surveillant de la cafétéria? rétorque-t-elle.

Je la regarde fixement.

— Écoute, ça n'a aucun sens.

— La ferme, Croquette, coupe-t-elle en conduisant d'une main tout en tapant les lettres de l'autre.

— Tu vas nous tuer, lui dis-je.

— Cause toujours, tu m'intéresses.

— Arrête, Virginie, dis-je en voyant la circulation ralentir devant nous.

— J'ai presque fini.

Je hurle :

— Non, je veux dire freine!

La voiture qui nous précède est immobile.

Mais nous, nous roulons.

Et à vive allure.

Un effrayant crissement de pneus retentit et je suis projeté violemment vers l'avant. Heureusement que j'ai bouclé ma ceinture, parce que j'aurais volé dans les airs sur une distance de quelques pâtés de maisons et probablement jusque sur une banquette du restaurant de poulet frit.

Lorsque cesse tout ce branle-bas, nous restons muets un certain temps, nous contentant de fixer la voiture qui nous précède.

— Ce n'est pas possible, murmure Virginie en couvrant sa bouche d'une main. Ce n'est pas possible que ce soit arrivé.

— Est-ce que ça va? demande Bosco.

Même lui semble plutôt ébranlé.

— *Ce n'est pas possible que ce soit arrivé*, répète-t-elle.

— Je t'ai entendu et oui, c'est arrivé, lui dis-je.

Je regarde le conducteur de la voiture devant nous sortir de son véhicule et examiner les dommages.

Il n'a pas à chercher bien longtemps.

Les sourcils froncés, il fait signe à Virginie de sortir de la fourgonnette.

Ma sœur secoue la tête et ne bouge pas.

— Ce n'est pas possible, murmure-t-elle. Ils vont me tuer.

— Qui? dis-je.

J'imagine un instant que la voiture de l'autre gars est remplie de bandits et de zombies assoiffés de sang.

— Papa et maman, murmure-t-elle.

— Mais évidemment. Combien de fois est-ce qu'ils t'ont dit de ne pas te servir de ton satané téléphone cellulaire en conduisant?

Elle laisse tomber la main de sa bouche et se tourne pour me faire face.

— Toi, ne t'avise pas de leur dire!

— Mais ils vont le savoir, qu'est-ce que tu crois? À moins que tu parviennes à faire un super travail de carrosserie d'ici environ une heure.

— Ce ne sera peut-être pas si grave, dit Bosco en sautant hors de la fourgonnette pour évaluer les dégâts.

Lorsque Virginie le voit grimacer, j'ai l'impression qu'elle va fondre en larmes.

— Ils ne te feront pas payer ça, lui dis-je.

— Tais-toi, Croquette.

J'insiste.

— Ils ne te feront pas payer. Papa travaille en assurance, bon sang.

Elle lève une main.

— Cesse de parler un instant.

Je jette un coup d'œil par le pare-brise et aperçois de la fumée ou de la vapeur qui s'échappe de sous le capot.

Ma sœur ouvre maintenant des yeux semblables à des soucoupes.

— Est-ce que ça risque d'exploser?

Je la regarde.

— Nous ne sommes pas dans un film d'action, Virginie.

Quoique je n'en sois plus si sûr en voyant les gyrophares de deux voitures de police se diriger vers nous.

— La police? murmure-t-elle.

Je devine sa pensée.

— Oui. Maman et papa vont effectivement te tuer.

L'un des policiers s'approche de la fenêtre de Virginie et lorsqu'il lui fait signe de baisser la vitre, elle fait un signe de tête négatif et regarde ailleurs.

Je lui fais remarquer qu'à mon avis, la tactique ne fonctionnera pas.

— À moins que nous nous rendions jusqu'au garage et que je paie avec mes économies. Maman et papa n'ont peut-être pas besoin de savoir.

Je lui demande :

— Quel âge as-tu? Cinq ans? Ça, c'est le genre de plan que proposerait Louis.

— Tu ne m'aides pas, Croquette. Peux-tu te taire, au moins?

Le policier cogne dans la vitre avec ses jointures et Virginie sursaute d'un bon demi-mètre. Et elle a toujours sa ceinture. Il faut le faire!

— Sors de la voiture et affronte la situation, lui dis-je.

Elle ferme les yeux un instant, puis déverrouille la porte et sort discuter avec les policiers. Je la suis en me demandant s'ils vont l'amener au poste.

Ce serait assez chouette. Je n'y suis allé qu'une fois, à l'occasion d'une visite que nous avons faite en deuxième année.

Bosco et moi nous assoyons au bord du trottoir pendant que Virginie et l'autre conducteur expliquent aux policiers ce qui s'est passé. Ils ne nous demandent rien, même si nous étions en plein dans l'action. Nous sommes les parfaits témoins, mais apparemment tout le monde s'en fiche.

Lorsqu'il apparaît évident que la fourgonnette de maman est trop abîmée pour reprendre la route et qu'il faut la remorquer, Virginie vient s'asseoir avec nous. C'est à ce moment qu'elle fond vraiment en larmes.

Bosco y voit une occasion rêvée et tente de l'entourer de son bras.

Elle riposte en lui balançant un coup de poing dans le cou.

Et elle n'y va pas de main morte!

Je la regarde se mordre la lèvre en composant le numéro de la maison pour expliquer à maman où elle se trouve. Je ne me rappelle pas d'autre fois où Virginie a eu de gros ennuis. Bien sûr, mes parents lui ont adressé quelques remontrances de temps à autre au sujet de son attitude, mais elle n'a jamais fait quoi que ce soit de vraiment grave.

Mais cette fois, la bêtise est de taille.

Et vraiment stupide.

L'affaire s'annonce intéressante.

Je demande à Bosco s'il veut que nous commencions à travailler les maths.

— Oui, au fond nous pourrions commencer, dit-il.

Il jette un coup d'œil à Virginie, sans doute au cas où elle déciderait de changer subitement d'avis et de lui sauter dans les bras.

Comme elle reste manifestement sur ses positions, je sors mon manuel de la fourgonnette et nous nous mettons au travail pendant que ma sœur, les yeux dans le vague, continue de se mordre la lèvre.

Lorsque mes parents arrivent et aperçoivent leur fourgonnette presque neuve écrabouillée, ils sont furieux. Jamais ils ne m'ont paru aussi en colère.

— Qu'est-ce qui s'est passé? demande maman.

Virginie joue avec la fermeture éclair de sa veste de coton ouaté.

— J'étais... euh...

— En train de texter, dit le type qu'elle a frappé.

— Quoi! s'écrie maman en dévisageant ma sœur. C'est une plaisanterie!

Virginie secoue la tête.

— Je suis désolée.

— Tu es désolée? dit maman en riant, mais d'un rire un peu dingue. Tu es désolée?

— Oui, dit-elle d'une voix éteinte.

— Tu vas rembourser la franchise, déclare maman. Je me fiche de savoir comment tu vas t'y prendre ou combien de temps il te faudra.

— Et je crois que tu vas devoir laisser tomber la conduite pour un certain temps, ajoute papa.

— Et les sorties également, dit maman.

— Quoi? s'écrie Virginie. Vous dites ça sérieusement?

— Absolument, dit papa. Tu es punie.

J'avoue que c'est assez chouette de voir mes parents se liguer contre quelqu'un d'autre que moi, pour une fois.

— L'école et le volley-ball, dit maman. Point à la ligne.

— Mais Sacha…

— Tu ne verras pas Sacha, dit maman.

— Quoi? dit Virginie en s'étranglant presque.

Bosco se met à sourire comme s'il venait de remporter la Coupe Stanley.

Alors que nous sommes plongés au beau milieu de cette charmante scène de famille, un gros véhicule utilitaire sport noir se gare à proximité. Lorsque le conducteur en sort, je constate qu'il a le cou aussi gros qu'un tronc d'arbre et je sais tout de suite de qui il s'agit.

C'est sans contredit M. Bosco.

— Qu'est-ce qui se passe, ici? demande-t-il. Rien de cassé, fiston?

Émile fait un signe de tête négatif.

— Tout va bien, dit-il.

M. Bosco se tourne pour faire face à papa.

— Vous pouvez remercier votre bonne étoile qu'il ne soit pas blessé. Cet enfant est un prodige. Vous savez ce que ça signifie? demande-t-il.

Son regard passe de Virginie (qui se ronge un ongle) à moi (qui ai la bouche ouverte comme une carpe) et fait l'aller-retour.

— De toute évidence, vous ne le savez pas, marmonne-t-il.

— Écoutez, je suis...

— L'entraîneur de hockey, dit-il en ricanant. Je sais parfaitement qui vous êtes.

— Paul McDonald, dit papa en tendant le bras pour lui serrer la main.

— Laissez-moi tranquille, dit M. Bosco en se retournant pour regagner sa voiture. Émile, monte dans l'auto.

— Mais...

— Tout de suite, dit-il en suivant son fils jusqu'au véhicule noir.

J'ai l'étrange sentiment que je ne verrai pas non plus Bosco au prochain entraînement.

La famille McDonald a réussi à faire perdre trois joueurs à l'équipe des Cougars.

Un record digne d'être mentionné, quand même!

Chapitre quinze

Mardi, à mon retour à la maison, j'en ai ras le bol de tout. La journée a été mauvaise à l'école, je suis sûr qu'il nous manquera trois joueurs au prochain match et j'en ai tout simplement marre.

En passant le seuil de la porte, je lance mon sac à dos dans le vestibule, et plutôt vigoureusement.

— Holà! dit maman. Qu'est-ce que c'était que ce vacarme?

— Rien.

— Un rien passablement bruyant, dit-elle en levant un sourcil.

— C'était mon sac à dos, d'accord?

— Non, pas d'accord du tout, Croquette. Ce n'est pas un endroit pour lancer des choses.

— Il n'y a rien de fragile dedans, dis-je en me dirigeant vers le frigo.

Elle s'appuie contre la porte pour que je ne puisse pas l'ouvrir.

— Là n'est pas la question.

Je tire sans ménagement sur la poignée, mais maman est plus lourde qu'elle en a l'air.

— Quoi? dis-je d'un ton brusque.

— Ramasse d'abord ton sac, puis nous discuterons du *quoi*.

Les dents serrées, je retourne dans le vestibule, saisis le sac et le suspends à un crochet.

— Pas de devoirs, aujourd'hui? demande maman.

Je marmonne que j'en ai. J'en ai toujours. Une autre chose que je ne peux plus supporter, d'ailleurs.

— Alors tu vas sans doute apporter le sac avec toi en haut, tu ne penses pas?

Je la regarde fixement.

— Si tu le dis.

— Croquette, qu'est-ce qui se passe? demande-t-elle.

Un café à la main, elle s'assoit à la table.

— Rien.

— Je n'arrive pas à croire ça. Ce sont les maths?

— Non.

En fait, oui, mais ce n'est qu'une petite partie du problème.

— Le français?

— Non.

— Les études sociales?

— Non. Ça n'a rien à voir avec l'école, d'accord?

C'est au tour de maman de me regarder fixement.

— Mais qu'est-ce que c'est, alors?

Je marmonne :

— Le hockey.

— Tu vas devoir parler plus fort.

Je reprends d'un ton sec :

— C'est le hockey, ça te va?

— Si tu changeais de ton, jeune homme?

— Désolé. Mais je suis contrarié.

— À propos du hockey? dit maman, l'air étonné.

Je hoche la tête.

— En grande partie.

— Qu'est-ce qui se passe? Est-ce que c'est l'un des autres gars? Bosco?

— Non.

— Louis?

— Non.

— Colin?

— Non, maman. Voudrais-tu cesser de jouer aux devinettes?

— Oui. Si tu m'expliques.

J'inspire profondément.

— C'est papa.

— Papa?

Elle s'arrête un instant.

— Est-ce qu'il est trop dur avec toi? Si c'est le cas, c'est seulement parce qu'il veut que tu joues bien, et...

— Il n'est pas trop dur avec moi.

— Mais alors, qu'est-ce qui ne va pas?

— C'est surtout qu'il n'y a rien qui va, dis-je en m'affalant sur une chaise. Les ennuis ont commencé avec l'entraînement, quand il a voulu faire des tas d'exercices bizarres, de la course et des trucs du genre.

— C'est lui l'entraîneur, pour l'instant, chéri. Il ne peut pas laisser l'équipe se relâcher.

— Je sais. Mais depuis qu'il a changé la position de tout le monde...

Elle m'interrompt :

— Il veut renforcer l'équipe, et c'est de façon occasionnelle. Il nous a expliqué ça à tous les deux.

— Eh bien, les gars n'aiment pas ça. Les parents n'aiment pas ça. Et ça ne me plaît pas à moi non plus.

— Quand tu dis « ça », tu veux parler des changements, ou de papa comme entraîneur?

Je me mords la lèvre.

— Je ne le sais même pas, maman. Bien sûr, j'aime papa, mais on dirait qu'il divise l'équipe.

— Alors, ce qu'il tente de faire ne passe pas vraiment. Lui en as-tu parlé?

Je hausse les épaules.

— Je ne peux pas.

— Pourquoi?

— Parce que je vois qu'il aime faire les entraînements, et...

— Tu ne veux pas le blesser, c'est ça, dit-elle en hochant la tête.

— Surtout pas.

— Veux-tu que je lui parle?

D'un côté, c'est ce que je voudrais, mais au fond, je crois que ça ne réglerait pas grand-chose.

— Non.

— Mais, est-ce que tu peux en parler aux gars?

— J'ai essayé, mais comme je te dis, ils détestent les exercices et la course, et puis ils trouvent que papa me favorise, et…

— Est-ce que c'est le cas?

Je hausse de nouveau les épaules en pensant au fait qu'il m'a laissé à ma position.

— Un peu.

Maman secoue la tête.

— Je ne sais pas quoi te dire, trésor. Tu ne veux pas lui parler. Tu ne veux pas que je lui parle, tu ne veux pas parler aux gars…

— Je sais, dis-je en soupirant.

— Je voudrais bien t'aider, mais tu as rejeté toutes les suggestions que je t'ai faites. Tu vas apparemment devoir résoudre le problème tout seul, conclut-elle en haussant les épaules.

Quelle joie.

* * *

— Papa? dis-je en m'assoyant près de lui sur le canapé après le souper. Est-ce que je peux te parler?

— Bien sûr, dit-il.

Il replie son journal et le pose sur la table à café.

— Qu'est-ce qu'il y a?

— Je pense que nous avons peut-être perdu Louis, Colin, et même Bosco.

Il acquiesce.

— Ça m'en a tout l'air.

Je hoche la tête à mon tour.

— Ce qui fait qu'il ne nous reste pas beaucoup de gars.

Il sourit.

— Je ne crois pas que nous les ayons perdus pour de bon, Croquette.

— Mais s'ils ne reviennent pas…

— Évidemment qu'ils vont revenir. Et même s'ils ne reviennent pas, nous en avons encore toute une liste. Nous pouvons en amener quelques-uns à quitter le banc.

Génial. Tim et Antoine. Ils vont vraiment nous aider.

— Mais quand les gars vont voir qu'il nous manque tous ces joueurs…

— Où est-ce que tu veux en venir, Croquette?

Je prends une grande inspiration.

— Il faut que nous fassions du jeu dirigé.

— Écoute, le fait de changer les choses nécessite peut-être une adaptation difficile, mais…

— Papa, il faut que nous revenions à la normale avant que tout le monde quitte l'équipe.

Il paraît surpris.

— Qui va quitter l'équipe?

Je soupire.

— Je ne sais pas.

— Je ne te suis pas.

— Je ne sais pas pourquoi tu t'entêtes tellement à vouloir faire les choses à ta façon.

Papa secoue la tête.

— Croquette, c'est la première fois depuis des années que je me retrouve sur la patinoire. J'ai l'occasion de faire progresser les choses, d'utiliser ce savoir-faire qui dort depuis tout ce temps.

— Tu peux l'utiliser sans mettre tout le monde en colère.

Il se frotte le front.

— Si seulement les joueurs, les parents et même l'entraîneur O'Neal pouvaient me laisser agir à ma guise! Je travaille dans l'intérêt de l'équipe, bonté divine. Je ne cherche tout de même pas à saboter la saison!

— Les gars ne voient pas ça. Écoute, papa, ils croient que le hockey doit toujours être amusant. Ils ne sont pas comme Bosco et moi.

— Bosco et toi?

— Oui, les autres ne comprennent pas qu'il faut travailler beaucoup plus fort pour atteindre la ligue nationale que pour réussir sur l'île.

Papa hoche la tête.

— Ah, la ligue nationale, dit-il. Peut-être qu'ils ne comprennent pas...

— Tout ce qu'ils veulent, c'est jouer pour s'amuser. Et tout de suite.

— Oui, mais...

— Papa, si tu ne commences pas à faire les choses à la manière de l'entraîneur O'Neal, ils ne voudront plus venir du tout.

Papa s'adosse aux coussins du canapé.

— J'essaie seulement de les préparer à une chouette saison.

— Et eux, ils ne veulent que jouer. S'il te plaît, papa.

Il se frotte le menton.

— Laisse-moi y réfléchir, d'accord?

— Bien sûr, dis-je.

Mais je ne suis sûr de rien.

* * *

Heureusement, j'ai eu tort de penser que Bosco allait rater l'entraînement du mercredi. En le voyant assis dans le vestiaire, je ne peux m'empêcher de sourire. Quel soulagement!

— Je ne pensais pas te voir ici, dis-je en laissant tomber mon sac sur le banc.

Comme nous sommes tous deux arrivés tôt, il n'y a encore personne d'autre dans la pièce. Parfait.

— Pourquoi? demande-t-il en enfilant un vieux chandail des Flames.

— Je ne sais pas. Ton père semblait plutôt fâché, hier, et...

Bosco hausse les épaules.

— Il s'emporte assez facilement. Et moi aussi, ces derniers temps, je pense.

— Il semble plutôt...

— Bruyant? Colérique? Déraisonnable?

— Eh bien, oui.

— Il est comme ça. Il se met en rogne contre des trucs, puis ça lui passe quand il trouve autre chose pour se mettre en colère.

— J'ai cru qu'il allait dire quelque chose à mon père sur le fait que tu joues au centre.

Bosco secoue la tête.

— Je doute qu'il le fasse, mais moi, je vais peut-être lui en parler.

Super. Une autre querelle en vue.

— Tu sais, papa n'essaie pas de…

— Je ne veux pas dire aujourd'hui, Croquette. J'ai écouté ce que tu m'as dit et je vais voir comment iront les choses au match de samedi.

Il s'arrête une seconde ou deux.

— Alors, est-ce qu'il va t'attribuer une autre position, à toi aussi?

— Je ne sais pas, dis-je.

En fait, je n'ai pas la moindre idée de ce qu'il va faire, point.

Je regarde l'horloge et j'ai le curieux pressentiment que personne ne va se présenter à l'entraînement.

J'ai peut-être trop attendu avant de parler à papa.

À ce moment précis, Patrick Chen entre dans le vestiaire. Je suis content de le voir, mais ça ne semble pas réciproque.

— Ça va? dis-je.

— Ouais, dit-il en se débarrassant de son sac.

— Prêt pour la partie de samedi?

— Je suppose, dit-il en ouvrant la fermeture éclair.

Je lui demande :

— Qu'est-ce que tu as?

— Et toi?

Je ne comprends plus rien.

— Qu'est-ce que tu veux dire?

— Je ne sais pas, Croquette. Je pensais que nous étions de bons coéquipiers, tu vois…

— Mais oui, dis-je en sentant mon estomac se nouer.

— Dans ce cas, explique-moi pourquoi j'ai été le seul à défendre ton père au dernier entraînement!

— Quoi? demande Bosco en me regardant, sourcil levé.

— Rien, dis-je.

— Il a appuyé Colin et Jules alors qu'ils se plaignaient de

son père.

— C'est une blague? dit Bosco.

— Écoute, j'essayais seulement de...

— Et dès que Colin et Louis sont partis, lui et Jules ont fait comme si rien ne s'était passé, dit Patrick en me jetant un regard furieux.

Et il ajoute à mon intention :

— Nous sommes censés former une équipe, au cas où tu ne le saurais pas!

— Je sais, dis-je en soupirant. Je m'excuse, d'accord? J'ai fait le mauvais choix.

— Sans aucun doute, rétorque-t-il d'un ton grognon en fouillant dans son sac.

— Penses-tu que Colin et Louis seront là aujourd'hui?

— Aucune idée, dit Patrick en haussant les épaules.

— Ils ont tout intérêt, déclare Bosco.

— Intérêt à quoi? demande Jules en entrant.

— À assister à l'entraînement, dis-je. Nous parlons de Colin et de Louis.

Patrick reprend la parole.

— Je ne pense pas que leurs pères auraient dû se montrer aussi durs avec le tien.

— Moi non plus, dis-je en soupirant.

— Mais il s'en est bien sorti, ajoute-t-il. Surtout quand il leur a dit qu'au lieu de se plaindre, ils auraient mieux fait de se porter eux-mêmes volontaires pour remplacer l'entraîneur.

— S'ils ne se présentent pas, ce sera tant pis pour eux, dit Jules.

Et sans doute pour nous aussi, samedi.

Je m'informe.

— Que pensent les autres? Est-ce qu'ils vont venir?

— On s'en balance, dit Bosco.

— Pas moi. S'ils ne se présentent pas à l'entraînement, ils ne jouent pas samedi. Et si nous n'avons pas assez de gars, nous ne jouons pas non plus.

— Penses-tu vraiment que cette bande de lutins va vouloir rater la saison? grogne Bosco.

— Je ne sais pas.

Les opinions sont si partagées ces derniers temps, que je ne saurais deviner ce que les autres vont faire.

— Mais non, dit Patrick. Ils ne voudront pas la rater.

L'ébouriffé entre à son tour, accompagné de l'un des réchauffeurs de banc.

— Est-ce qu'on joue, aujourd'hui? demande-t-il.

Il nous regarde en plissant les yeux, comme s'il venait tout juste de se réveiller.

Je lui réponds que nous sommes mercredi, jour d'entraînement.

— Je sais, dit-il en soupirant. Ma question était plutôt : allons-nous sur la glace aujourd'hui?

— Je crois que oui, lui dis-je.

Papa ne m'a pas demandé de laisser mes patins à la maison lorsque nous sommes partis ce matin.

— Bon, je vais mettre mon équipement, alors, dit McCafferty en sortant ses épaulettes de son sac.

J'enfile le mien aussi et chaque fois qu'un gars entre, je m'attends à ce qu'il soit question de la scène avec les pères de Colin et de Louis, mais personne n'y fait même allusion.

Je continue de rêver que l'entraînement de papa se déroule comme je m'y attendais, c'est-à-dire qu'il soit le héros et que les Cougars jouent mieux que jamais.

Je sais bien qu'il n'est pas entièrement responsable de tout ce gâchis, mais pourquoi ne s'est-il pas contenté de poursuivre les entraînements auxquels nous étions habitués? Pourquoi a-t-il fallu qu'il fasse les choses à sa façon?

Patrick finit de lacer ses patins, puis parcourt la pièce du regard.

— Pas de Colin ni de Louis, dit-il.

Bravo. Il nous manquera donc assurément deux joueurs au match de samedi.

Et tout le monde va blâmer papa.

Juste à ce moment, Louis arrive dans le vestiaire à l'étonnement général.

Je le regarde du coin de l'œil commencer à sortir

l'équipement de son sac.

— Salut, Louis, dit Bosco qui le croise en se dirigeant vers la patinoire.

— Salut, dit Louis à voix basse sans se retourner.

J'attends quelques minutes avant de lui dire finalement que je ne pensais pas qu'il allait venir.

Tous les yeux se tournent vers lui.

— Eh bien, je n'étais pas censé venir, non plus, dit-il.

Je lui demande ce qu'il veut dire.

Il hausse les épaules.

— Mon père ne sait pas que je suis ici. En fait, ma mère est venue me conduire, mais il dormait encore quand nous sommes partis.

— Penses-tu qu'il sera fâché?

— Probablement, me répond Louis. Mais je suis fâché moi aussi.

— Contre mon père?

Louis semble surpris.

— Non. Contre le mien!

Quoi?

— Mais pourquoi?

Il me regarde en silence pendant quelques secondes.

— Parce qu'il m'a complètement embarrassé, Croquette. Bon sang, venir ici pour engueuler mon entraîneur!

Mon entraîneur.

C'est la première fois que j'entends l'un des gars appeler papa comme ça.

— Je pensais que tu ne l'aimais pas, dis-je.

— Quoi? Bien sûr que je l'aime. C'est seulement la course et tous ces trucs-là, qui ne me plaisent pas. Je préfère être sur la patinoire.

— Je l'aime bien moi aussi, dit Patrick. L'entraîneur McDonald connaît mieux le hockey que tous les autres pères.

Je hoche la tête, surpris.

— J'aurais pourtant cru que tout le monde le détestait.

— Pas du tout, dit l'ébouriffé. Il est sympa!

— C'était vraiment moche d'avoir perdu contre les Aigles,

dit Jules.

— Mais super d'avoir battu Nanaimo, ajoute Patrick.

— C'est certain, dit Louis. Nous n'avions jamais compté autant de buts!

Je suis profondément soulagé de constater que l'équipe n'est pas en train de s'effondrer.

Se pourrait-il que personne ne déteste papa?

Puis, j'y repense :

— Que devient Colin?

— Comme je l'avais prévu, il ne viendra pas, dit Patrick en secouant la tête.

— C'est bête, ajoute l'ébouriffé. Ça veut dire qu'il ne pourra pas jouer samedi, selon le règlement de l'entraîneur O'Neal.

Patrick acquiesce.

— C'est le règlement de l'entraîneur, dit-il.

Et tous les autres hochent la tête.

— Que va-t-il arriver s'il quitte l'équipe? dis-je à voix basse.

— Il ne fera pas ça, Croquette, dit l'ébouriffé. Je sais qu'il a donné du fil à retordre à l'entraîneur, mais je ne pense pas qu'il voulait partir quand son père l'y a obligé.

Je m'inquiète tout de même.

Colin joue vraiment bien et, comme tous les autres gars de l'équipe, il est mon ami. Ce serait vraiment nul s'il quittait les Cougars.

Et s'il finissait par jouer dans une autre équipe et devenait notre adversaire? Ce serait pire encore!

— Est-ce qu'on s'entraîne, ou pas? demande Jules.

Certains répondent par l'affirmative et nous prenons tous le chemin de la patinoire.

À notre arrivée, je suis soulagé de voir papa disposer des cônes sur la glace.

Exactement à la manière de l'entraîneur O'Neal.

Malgré tous les bouleversements, je suis ravi de glisser sur cette surface lisse et luisante. J'ai l'impression de ne pas avoir patiné depuis des semaines. J'ai pourtant chaussé mes patins il y a à peine quelques jours.

Je commence mon échauffement le sourire aux lèvres.

Mes lames raclent la surface glacée et y laissent ma trace alors que je me dirige vers le but le plus éloigné. J'accélère et mes poumons s'emplissent d'air froid.

Louis me rattrape, légèrement essoufflé.

— Salut, Croquette.

— Salut!

— Je voulais te dire que je suis désolé.

— Ça va.

— Non, pas seulement à cause de mon père. Je me suis conduit comme un abruti à propos de l'entraînement de ton père et je le regrette.

— Merci, Louis.

— Sans rancune? demande-t-il.

— Sans rancune.

Alors que nous atteignons le filet, je le mets au défi :

— Le premier arrivé de l'autre côté!

Et je repars à toute vitesse.

Tout en filant sur la patinoire, je continue de sourire, heureux de constater que certaines choses reviennent à la normale.

Lorsqu'il est prêt à commencer l'entraînement, papa siffle et nous revenons au centre de la patinoire.

— Parfait, les gars. Aujourd'hui, nous allons reprendre certains des exercices de l'entraîneur O'Neal.

— Et faire du jeu dirigé? dis-je, plein d'espoir.

— Et faire du jeu dirigé, répond papa en hochant la tête. Écoutez, les gars, poursuit-il. Je me rends compte que je vous ai imposé sans prévenir un autre genre d'entraînement et je sais que vous avez eu du mal à vous y adapter.

Génial. Il ne peut rien dire de plus parfait.

Il reprend son souffle avant de continuer.

— Cela dit, la pliométrie et la course représentent un aspect important de l'entraînement.

Ah, pourvu que les choses ne dérapent pas…

— Mais le temps de glace aussi, dit-il en me jetant un coup d'œil.

Fiou!

— À compter de maintenant, nous allons consacrer l'entraînement du lundi à la fois aux exercices hors glace axés sur la force et aux exercices sur glace, alors que le mercredi, nous nous entraînerons sur la glace seulement. Qu'en dites-vous?

— Super, répond Louis.

Je suis content qu'il soit le premier à parler, et encore plus heureux que tous les autres l'appuient.

— Formidable, dit papa. À présent, au travail!

Et il ne plaisante pas.

Nous commençons l'entraînement par quelques longueurs d'échauffement et, selon mon habitude, je m'efforce de maintenir le même rythme que Bosco. Je ne sais pas ce que ce géant a mangé au déjeuner, mais il est particulièrement en forme. Alors que nous doublons pour la seconde fois Louis et l'ébouriffé, je lui jette un coup d'œil et constate qu'il ne sue pas le moins du monde.

Je ne peux pas en dire autant. J'ai un goût salé sur les lèvres et je commence à ressentir une crampe au côté.

Au cours de l'échauffement, Maurice apparaît. Sa présence semble un peu étrange, puisqu'il n'a jamais assisté à nos entraînements auparavant. D'autant plus qu'il s'avance vers le centre de la patinoire et discute longuement à voix basse avec papa. Si longuement, en fait, que j'en viens à me demander si papa a oublié que nous patinons toujours en attendant son coup de sifflet. Je n'entends pas ce qu'ils disent, mais je vois qu'ils ne sont pas en train de se quereller. Soulagement.

Lorsque papa siffle enfin, j'ai presque un mètre d'avance sur Bosco.

Super!

— Nous allons maintenant faire des exercices de vitesse aller-retour jusqu'aux lignes, dit papa.

Je n'ai pas entièrement repris mon souffle, mais je me place tout de même en position de départ avec les autres.

Je patine avec force et rapidité, mais cette fois, je ne parviens pas à rattraper Bosco. Je file jusqu'à la ligne et reviens sans m'arrêter, au point où mes jambes brûlent presque autant que mes poumons.

Lorsque nous terminons finalement l'exercice, je regarde papa expliquer le suivant en agitant les bras pour mieux décrire ce que nous devons faire.

Il semble parfaitement heureux.

Et je le suis moi aussi.

Chapitre seize

Le samedi venu, nous devons nous rendre à Sooke. Ce serait super si la fourgonnette familiale n'était plus au garage et si maman n'avait pas besoin de la voiture de papa pour rendre visite à une amie de longue date à Comox.

— Je crois qu'il va falloir demander à quelqu'un de nous emmener, dis-je. J'appelle Louis?

Papa fronce les sourcils.

— Les Claveau? Je ne suis pas sûr...

— Je suis certain que son père est calmé, maintenant, dis-je.

En fait, je n'en suis pas si convaincu, mais je sais qu'il y a de la place dans leur fourgonnette.

Papa réfléchit un instant.

— C'est bon, demandons-leur si nous pouvons faire du covoiturage.

Il se trouve que le prix à payer pour partager le véhicule de M. Claveau est de l'écouter nous casser les oreilles.

Lui et papa s'installent sur la banquette avant, alors que Louis et moi les écoutons, assis derrière. La conversation s'engage sur la bonne voie.

— Écoute, Paul, je sais que je n'ai pas très bien composé avec la situation l'autre jour à l'entraînement et je veux m'excuser.

— Sans rancune, Guy, dit papa.

Il semble à ce moment que tout ira comme sur des

roulettes jusqu'à l'arrivée.

Sauf que M. Claveau ne s'arrête pas là.

— J'aimerais seulement que tu t'en tiennes au plan de match d'O'Neal.

— Bien sûr, dit papa en me jetant un coup d'œil dans le rétroviseur extérieur.

— Ça y est, me chuchote Louis.

— Parce que tout ce sautillage, Paul, ça leur donne quoi, au fond, aux enfants?

— Eh bien, ça les aide à bâtir leur...

— Je veux dire, nous payons tous pour ce temps de glace, et il va finalement se perdre.

— Il ne se perdra pas, Guy. Nous faisons une série équilibrée de...

— Nous voulons nous rendre aux éliminatoires, cette année.

Papa s'éclaircit la gorge.

— Nous nous rendons aux éliminatoires chaque année et celle-ci ne sera pas une exception.

— J'ai entendu dire que l'entraîneur est en bonne voie de guérison.

— C'est ce que j'ai entendu aussi.

— Il y a de l'espoir, dit M. Claveau à voix basse.

Je vois les muscles de la mâchoire de papa qui se contractent et pulsent, et je sais qu'il est en rogne. Et je le suis aussi.

Évidemment, nous souhaitons que l'entraîneur O'Neal revienne bientôt, mais en attendant, M. Claveau n'a pas besoin d'insulter papa.

— Désolé, me chuchote Louis.

Je secoue la tête.

— Ça va, lui dis-je, même si ce n'est pas le cas.

Quelques minutes plus tard, nos pères semblent avoir terminé la conversation, puisque M. Claveau met la radio sur Radio-Hockey et monte le volume.

Assez long en réalité, le trajet en auto semble plus court qu'il ne l'est alors que nous écoutons le match opposant les Blues aux Red Wings.

Le temps passe sans doute beaucoup plus lentement pour

Louis, qui paraît sur le point de fondre en larmes durant la troisième période, lorsque ses Red Wings adorés reçoivent une sérieuse raclée.

— Il faut que tu commences à appuyer les Canucks, lui dis-je après que les Blues ont compté un autre but.

— Non, Détroit restera mon équipe jusqu'à la fin de mes jours.

— Pourtant, ce sont des matches comme ceux-là qui te sapent le moral, dis-je en riant.

— Ouais, eh bien ils sont à huit et deux jusqu'à présent cette saison, alors tes Canucks peuvent aller se rhabiller!

— Viendras-tu à la maison quand Détroit et Vancouver vont jouer, dans deux semaines?

— Assurément.

— On verra bien qui domine, alors, lui dis-je.

— Certainement, qu'on va voir!

Je lui donne un petit coup de coude.

— Tu sais que tu ne pourras rien porter de ton équipement spécial pour ce match, hein?

— Essaie donc de m'en empêcher! dit-il en riant et en me rendant mon coup de coude.

C'est vraiment chouette que Louis et moi soyons redevenus amis.

Lorsque nous arrivons finalement à la patinoire de Sooke, j'ai tout le corps ankylosé d'être resté si longtemps coincé dans la fourgonnette. Louis et moi bâillons et nous étirons pendant que M. Claveau déverrouille le hayon et nous remet nos sacs.

Je vois quelques-uns des autres gars dans le stationnement. Mme Chen a inscrit « Allez les Cougars! » aux couleurs de notre équipe sur toutes les vitres de sa voiture. C'est génial. J'essaierai de convaincre maman de faire la même chose pour le prochain match que nous jouerons à l'extérieur. Et si nous le faisions tous et arrivions dans la ville ensemble comme un défilé?

Un défilé de la victoire avant même que la partie commence.

Génial!

Jules engloutit un hot-dog, une vision qui aurait à coup sûr traumatisé maman. Les seuls hot-dogs permis chez nous sont au tofu.

Je sais. Dégueu.

L'ébouriffé a l'air d'avoir dormi durant tout le trajet et j'espère qu'il va réussir à bien retirer de ses yeux la croûte qui y est collée avant que la partie commence.

Encore plus dégueu.

— Ils vont se souvenir de nous, dit Jules.

— Ouais, dit Patrick. Ils n'ont qu'à bien se tenir.

J'espère qu'ils ont raison.

Les Cougars ont besoin d'une importante victoire.

Et papa aussi.

* * *

Lorsque nous entrons dans l'aréna, Colin et son père sont debout et nous attendent.

— Il n'est pas venu à l'entraînement, me chuchote Louis. Il ne peut pas jouer, hein?

Je secoue la tête.

— Pas selon les règles de l'entraîneur O'Neal, en tout cas.

— Pourquoi est-ce qu'il porte son uniforme? demande Patrick.

— Je n'en ai pas la moindre idée, dis-je en haussant les épaules.

J'espère seulement que M. Berger évitera de faire une scène.

Papa salue Colin et M. Berger d'un signe de tête.

Le père de Colin se racle la gorge.

— Mon fils est prêt à jouer.

Je retiens mon souffle, attendant de voir ce que papa va faire.

— Je crains que ce ne soit pas possible, aujourd'hui, dit-il.

— Comment? dit M. Berger.

Je vois tout son corps se tendre.

— Désolé, mais si un joueur manque l'entraînement qui précède le match, il ne joue pas.

Papa regarde Colin.

— Tu le sais, hein, fiston?

Colin lui répond par un minuscule hochement de tête. Si minuscule, que je ne suis pas sûr de l'avoir vu.

— Mais nous avons besoin de lui, dit Jules.

Il a raison et je ne peux m'empêcher de penser que si papa

n'avait pas été l'entraîneur au dernier match, rien de tout ça ne serait arrivé. Colin aurait participé à l'entraînement comme d'habitude et tout irait bien.

En voyant le visage des autres gars, je devine qu'ils se disent la même chose.

— Nous allons nous débrouiller, lui dit papa. Tout comme nous nous sommes débrouillés à l'entraînement.

M. Berger croise les bras.

— Il était malade, dit-il.

Louis me pousse légèrement du coude.

— Non, ce n'est pas vrai, chuchote-t-il.

Je lui chuchote à mon tour que je le sais bien, choqué de constater que M. Berger puisse se présenter devant nous tous et nous mentir ainsi.

— Le hockey n'est qu'un jeu, M. Berger, dit papa. Mais c'est également un outil qui permet d'enseigner aux enfants l'importance du travail d'équipe, du dévouement et de la droiture.

Puis, en regardant Colin dans les yeux, il lui demande :

— Colin, étais-tu malade?

— Évidemment qu'il était malade, rétorque M. Berger. Je viens de vous le dire.

— Ce n'est pas à vous que je pose la question, dit papa.

Son regard se tourne de nouveau vers Colin.

— Étais-tu malade?

— Qu'est-ce qu'il peut faire? chuchote Louis. Son père va péter un plomb s'il dit la vérité.

— Mais ce sont les gars, qui vont péter un plomb, s'il nous ment au visage.

Colin regarde son père. Puis, ses yeux passent de l'ébouriffé à Jules, puis à Patrick, à Christophe, à Bosco, à Louis et à moi.

Nous connaissons tous la vérité.

Mais est-ce qu'il va la dire?

— Colin, répète papa. As-tu manqué l'entraînement parce que tu étais malade?

— Non, dit-il d'une voix éteinte.

Fiou!

Je vois Patrick et Jules hocher la tête, comme s'ils savaient à quel point il a été difficile pour Colin d'aller à l'encontre de ce qu'a dit son père.

En fait, nous le savons tous.

— Super, chuchote encore Louis.

— Je te félicite de ton honnêteté, dit papa en donnant à Colin de petites tapes dans le dos. J'aimerais beaucoup que tu restes pour assister au match et encourager ton équipe sur le banc, si tu es d'accord.

Colin regarde son père, qui fronce les sourcils.

— Est-ce que je peux?

M. Berger pose les yeux sur lui quelques secondes.

— Moi, je ne reste pas, dit-il.

Je n'arrive pas à le croire. Ils ont fait tout le trajet jusqu'à Sooke et il ne permet pas à Colin de regarder la partie?

Colin regarde papa et hausse les épaules comme s'il était désolé.

Mais qu'est-ce qu'il peut faire?

— On peut te ramener à la maison, nous, propose Louis.

M. Berger se retourne pour le dévisager.

— Tout à fait, dit fermement M. Claveau. Nous allons le ramener.

J'aurais voulu y penser, même si ce n'est pas notre fourgonnette.

À mon tour de chuchoter « super! » à l'oreille de Louis.

Nous sommes tous ensemble.

M. Berger s'en va sans un au revoir, un mot d'encouragement ou quoi que ce soit.

— Merci, Guy, dit papa.

M. Claveau hoche la tête.

— Merci d'avoir maintenu le cap. Ce n'est pas pour rien que la règle du « pas d'entraînement, pas de match » existe.

J'espérais que papa permettrait à Colin de jouer quand même : après tout, ce n'est pas sa faute, s'il n'a pu venir à l'entraînement. Mais non. Le plan de match ne changera pas.

Le règlement est le règlement.

— Il est temps de vous préparer, les gars. Les vestiaires des joueurs sont de ce côté.

Mes coéquipiers et moi prenons la direction du vestiaire pendant que Colin reste près de papa et de M. Claveau.

Je lui fais signe de nous accompagner.

— Viens, Colin. Tu ne joues pas, mais nous avons tout de même besoin de toi.

— Oui, lance Patrick par-dessus son épaule. Tu es avec nous.

Colin esquisse un sourire et nous suit dans le couloir. Son sourire s'accentue encore lorsque Bosco lui tape dans la main.

Lorsque nous arrivons au vestiaire, nous trouvons un chaleureux mot de bienvenue des Mouettes fixé avec du ruban adhésif sur un casier :

COUGARS 4, AIGLES 5. ON SE RETROUVE SUR LA GLACE, LES PERDANTS. HA HA.

— Vraiment trop drôle, marmonne Jules.

Il déchire la note et la jette à la poubelle.

— Ils vont sûrement nous narguer, dit l'ébouriffé. Et après notre dernier match, ça n'aura rien d'étonnant.

— Je suis vraiment désolé de ne pas jouer, dit Colin à mi-voix. Le match risque d'être serré et je vous laisse tomber.

— Ce n'est pas ta faute, lui dis-je.

Les autres approuvent d'un signe de tête.

— Je ne veux pas entendre toutes les bêtises qu'ils vont nous lancer, dit Jules.

— Toute la ligue doit sans doute savoir que les Aigles nous ont battus, fait remarquer Louis.

— Ce qu'ils ne savent pas, c'est que nous ne jouions pas à nos positions habituelles, dit Jules.

— Est-ce que l'entraîneur laisse chacun à sa nouvelle place? me demande Colin.

Aïe!

— Je pense que oui, dis-je.

— Sauf toi, dit Louis.

Je lui lance un regard furieux.

Zut! Pourquoi faut-il qu'il ramène cette histoire alors que nous commençons justement à retrouver un esprit d'équipe!

— Et moi, dit Patrick. Je suis encore défenseur.

Merci Patrick.

Même si j'adore ma position d'ailier droit, j'aimerais malgré tout que papa m'en attribue une autre plutôt que de m'accorder ce traitement de faveur.

— Alors, considérons le match contre les Aigles comme

un essai, dit Colin. À présent, nous savons ce que nous devons faire. Chacun sait en quoi consiste sa nouvelle position, pas vrai?

J'aime que Colin cherche à nous encourager même s'il ne peut pas jouer.

— J'ai demandé à mon frère de m'aider à m'entraîner toute la semaine, dit l'ébouriffé. Et à ma sœur aussi.

Je souris.

— Moi, j'ai travaillé mes lancers, dit Louis.

— Super! dis-je en hochant la tête.

— Moi, je pense que j'ai saisi ce que je dois faire au centre, ajoute Bosco alors que nous marchons vers la patinoire.

Saisi? Bon sang!

L'équipe des Mouettes semble bien préparée. Elle a du caractère, distribue les coups de coude plus généreusement que jamais, mais qu'importe.

Nous sommes prêts nous aussi.

Après l'humiliation de la semaine dernière et tout le chahut au sujet des entraînements, nous sommes prêts à jouer.

Et déterminés à gagner, bien entendu.

Dès l'instant où la rondelle entre en contact avec la glace, Bosco se met à jouer la partie de sa vie. Et non seulement Bosco, mais toute l'équipe également.

Nous faisons des passes formidables et personne n'hésite à partager la rondelle. Nous ne tirons au but qu'au moment opportun, et dès qu'un joueur des Mouettes se met à débiter des stupidités, il se retrouve illico poussé sur la bande.

Je trouve vraiment génial de voir chacun jouer à sa nouvelle position comme s'il l'avait toujours occupée. C'était sans doute l'objectif de papa. Le fait que chaque joueur maîtrise plus d'une position renforce nettement l'équipe.

Et la rend absolument redoutable.

Quelques minutes à peine après le début de la deuxième période, je me lance en échappée, deux gorilles sur les talons. Personne ne peut m'arrêter sauf le gardien de but et j'entends les partisans de l'équipe locale crier désespérément aux Mouettes de reprendre la rondelle.

Mais ils n'y arrivent pas.

Loin derrière, j'entends la voix de Louis :

— Vas-y!

Pas besoin de conseils : les moments comme ceux-là, j'en fais ma spécialité!

— Tire! crie Patrick alors que je m'approche tout près du filet.

— Tu es nul! me lance un joueur des Mouettes.

Mais la voix que j'entends le plus nettement est celle de papa :

— Défoule-toi, Croquette!

J'aligne la rondelle. J'entends les gorilles qui se rapprochent en haletant. Avant qu'ils aient pu me rattraper, je tire.

La lame de mon bâton frappe la rondelle. Je la regarde s'élever et se diriger droit vers le coin inaccessible du filet.

Et ensuite…

Le satané gardien de but la fait dévier!

Juste en direction de Bosco, qui est prêt, comme toujours.

Il s'élance et fait glisser la rondelle juste dans le coin inférieur du filet pendant que le gardien s'affaire encore à replacer son masque!

Je crie :

— Ouais!

Je suis heureux qu'il ait compté, même si j'aurais bien voulu que ce but soit le mien.

— Croquette en a encore trois de plus! lance Patrick depuis le banc.

— C'est ce qu'on va voir! répond Bosco en riant.

Tous les gars patinent vers lui pour le féliciter d'une tape dans le dos ou sur le casque, suivant leur taille.

Quant à moi, je lui tape sur le coude.

C'est le mieux que je peux faire.

— Beau jeu! crie papa.

À la suite de cet épisode, les Mouettes reviennent en force et je dois admettre qu'ils livrent un rude combat.

Mais Bosco tire comme Gretzky.

C'est précisément ce que je craignais.

— Nous sommes à égalité, Croquette, annonce-t-il en souriant à la fin de la deuxième période. Tu sais que c'est moi qui vais gagner. Et il ajoute : jouer au centre me donne l'avantage.

Je repense à la difficulté que j'ai eue à le convaincre que ce changement de position était une bonne idée. Et à quel point c'était moche de voir l'équipe se diviser en deux camps.

L'objectif des Cougars est de gagner. C'est aussi simple que ça.

Après tout, le fait de savoir qui a compté le plus de buts a-t-il tant d'importance?

Assurément!

Et Bosco a sans doute raison de croire qu'il est avantagé.

Mais il doit bien y avoir un autre moyen de le battre.

Je lui réponds :

— C'est probablement moi qui aurai le plus d'assistances.

— Serais-tu en train de me lancer un défi? me demande-t-il en riant.

Je souris :

— Mais oui.

Pourvu que l'équipe reste unie, un peu de compétition amicale ne fait de tort à personne.

* * *

À mesure que la partie progresse, les partisans des Mouettes se reconnaissent facilement parmi la foule. D'abord, parce qu'ils portent tous les couleurs — bleu pâle et blanc — de l'équipe. Ensuite, parce qu'ils deviennent complètement dingues chaque fois que nous marquons un but.

Et c'est assez fréquent.

L'ébouriffé semble encore un peu déboussolé dans le filet, mais l'entraînement qu'il a fait à la maison lui est d'un grand secours. Non seulement il arrive à garder les yeux ouverts, mais il réussit des arrêts par-dessus le marché!

D'ailleurs, il en fait sept durant la troisième période. Quand papa demande une pause, j'en profite pour lui dire :

— Tu te débrouilles super bien. Peut-être même encore mieux que Christophe.

— Vraiment? demande-t-il.

Je hoche la tête.

— Tu es rapide.

— Et tu n'as pas peur, ajoute Patrick.

— Et tu es réveillé, dit Jules en riant.

Lorsque l'horloge s'arrête, nous avons gagné la partie 11-4.

Pendant que nous nous entassons tous dans la fourgonnette des Claveau pour le trajet de retour, Colin demande à papa :

— Et puis? À quelle position est-ce que je vais jouer à la prochaine partie?

Je retiens mon souffle, attendant que papa lui dise qu'il doit rester à la défense.

Est-ce que Colin lui fera remarquer que moi, je n'ai jamais eu à changer de position?

Pourquoi papa ne me place-t-il pas ailleurs, pour régler le problème?

— Je suis en train de penser que nous devrions te ramener sur la ligne avant, dit-il.

Ouf. Je peux me remettre à respirer.

— Chouette, dit Colin en s'adossant à son siège.

Et en effet, c'est chouette. Nous avons remporté la partie, l'équipe est de nouveau unie et nous allons faire un malheur samedi prochain à Courtenay.

Tout va finalement comme sur des roulettes!

Chapitre dix-sept

Dimanche matin, je vais faire du jogging avec papa. C'est la première fois que nous courons ensemble. Tout est calme et j'aime beaucoup être en sa compagnie. Tant de choses se sont passées au cours des dernières semaines! Ça fait du bien de se retrouver juste tous les deux.

— Je suis content que tout soit finalement rentré dans l'ordre, lui dis-je après quelques minutes.

— Quoi? Oh, tu parles des Cougars?

— Oui. Les choses commençaient à vraiment se corser, tu sais?

— Je le sais, dit-il entre deux respirations.

— J'ai beaucoup aimé t'avoir comme entraîneur, papa.

— Toujours? demande-t-il avec un petit rire.

Je réfléchis à ma réponse.

— Peut-être pas à tous les instants, mais la plupart du temps.

— À moi aussi, ça m'a plu, dit-il. Je crois vraiment que cette saison pourrait être parmi tes meilleures.

Nous courons en silence quelques minutes. Puis je lui demande :

— Est-ce que c'est amusant d'être entraîneur?

Il hésite un instant.

— Il y a eu des surprises le long du parcours et les choses ne se sont pas passées exactement comme je m'y attendais.

Je peux en dire autant!

— Mais j'ai aimé chausser de nouveau mes patins, ajoute-t-il.

Nous courons environ une demi-heure, puis nous rentrons à la maison.

Mais il y a encore un truc qui me chicote.

— Dis donc, papa, pourquoi tu m'as laissé garder ma position alors que tu as déplacé Bosco?

J'espère de tout cœur ne pas entendre que les gars avaient raison et que c'est par favoritisme.

Mais sa réponse est pire encore.

— Bosco est un joueur qui s'adapte plus facilement, dit-il avec un haussement d'épaules.

J'en reste bouche bée.

— Quoi!

— Vous êtes tous les deux formidables à l'aile droite, Croquette. Ça va sans dire.

— Alors, pourquoi est-ce que tu le dis?

— Écoute, vous avez l'un et l'autre des styles très différents. Tu aimes les plans de match constants, sans trop de bouleversements, alors que Bosco a tendance à improviser un peu.

Je n'aime pas du tout la façon dont ces paroles résonnent à mon oreille.

— Donc, ce que tu me dis, c'est qu'il est meilleur.

— Non, je dis qu'il est plus ouvert que toi au changement et c'est ce qu'il faut pour soutenir une position. J'ai supposé qu'il lui faudrait moins de temps pour assimiler le changement et c'est le cas de tous les gars que j'ai déplacés.

Je marmonne :

— Alors, il est plus intelligent. Comme si on ne le savait pas déjà.

— Ça n'a rien à voir avec le fait d'être plus intelligent ou plus talentueux, fiston. Penses-y : de cette façon, nous avons deux des meilleurs joueurs des Cougars sur la glace au même moment et il nous a suffi d'en déplacer un.

Je réfléchis un instant à cette explication.

Vue sous cet angle, j'avoue qu'elle paraît assez convaincante.

* * *

À notre retour, nous trouvons un mot de maman disant qu'elle est sortie faire l'épicerie. Virginie est au téléphone dans la cuisine.

Tiens donc!

Papa lui fait signe de mettre fin à la conversation, mais elle se contente de lui jeter un rapide coup d'œil en continuant de parler.

Pas génial, compte tenu du fait qu'elle est punie.

— Raccroche le téléphone, lui dit papa.

— Quoi? dit-elle.

Elle fait semblant de ne pas comprendre, mais elle joue la comédie comme un pied.

— Raccroche, Virginie.

— Mais je suis en pleine…

— Tout de suite! dit-il.

Ma sœur comprend qu'il s'agit d'un avertissement sérieux.

— Parfait! répond-elle d'un ton cinglant.

Puis, après avoir dit au revoir à son interlocuteur, elle raccroche et jette à papa un regard furieux.

— Je n'en reviens pas!

— Hé! Ça fait partie de ta punition! dit-il en haussant les épaules.

— Ce que je peux détester cette famille! hurle-t-elle en courant dans l'escalier jusqu'à sa chambre.

Papa soupire, puis me regarde en souriant.

— Je me rappelle à quel point nous étions émus ta mère et moi quand elle a dit son premier mot. Tu vois où ça nous a menés!

Il rit et secoue la tête.

— Allez! On va se faire à déjeuner, Croquette!

— Des gaufres, ça t'irait? dis-je.

— Tu sais les faire?

— Non. Et toi?

— Moi non plus. Qu'est-ce que tu penses de rôties?

— C'est toujours bon, lui dis-je.

Je sors du garde-manger tous les pots de confiture, de gelée et de beurre d'arachides qui s'y trouvent pendant que papa met le couvert.

— Travail d'équipe, lui dis-je alors que je glisse les tranches dans le grille-pain et qu'il appuie sur le bouton.

Évidemment, nos rôties sont un peu calcinées, mais ça va.

Nous sommes tous deux déterminés à les trouver bonnes.

Après tout, il y a des moments où nous, les hommes, devons nous serrer les coudes.

* * *

Lundi matin, lorsque mon réveil sonne, je me lève à la vitesse de l'éclair, prêt pour l'entraînement.

Je sais que les gars ressentiront encore la poussée d'adrénaline de la victoire de samedi et je suis d'autant plus impatient d'arriver à l'aréna.

Mais lorsque papa et moi arrivons, je n'en crois pas mes yeux!

Appuyé sur une canne, l'entraîneur O'Neal nous attend.

Oh non!

Je suis content de le voir, ce qui fait que je me sens un peu coupable.

— Entraîneur O'Neal! dis-je en lui tapant dans la main. Je vous croyais coincé sur un lit d'hôpital!

— J'ai eu droit à une chirurgie au laser.

— Des lasers? Ça s'est bien passé?

— Il s'est révélé que je me suis ébréché une vertèbre dans le dos, alors le médecin a adouci les angles pointus.

— J'étais sûr que vous alliez vous absenter pendant des siècles, dis-je.

Évidemment, je suis heureux de le voir et je souhaite qu'il revienne, mais qu'en est-il de papa qui devait nous conduire au championnat?

Que va-t-il se passer?

— Je pense que je vais guérir rapidement. Et comme je suis censé faire de l'exercice régulièrement, je suis venu à pied de la maison jusqu'ici, ce matin.

Il s'éclaircit la gorge.

— J'ai appris comment allaient les choses et je me suis dit que ce ne serait pas une mauvaise idée de venir faire un tour.

— Bien sûr, dit papa.

Son sourire a plutôt l'air d'une grimace et je me sens désolé pour lui.

— Cette défaite contre Esquimalt me brise vraiment le cœur, dit l'entraîneur O'Neal en secouant la tête.

— Oui, mais nous avons écrasé Nanaimo et Sooke, lui dis-je en me portant à la défense de papa.

L'entraîneur me regarde, puis il regarde papa.

— Vous avez une minute pour discuter, Paul?

— Bien sûr, dit papa, l'air mal à l'aise.

Pas besoin d'être un génie pour comprendre qu'ils veulent avoir une discussion en tête-à-tête, alors je prends la direction du vestiaire.

Tout en marchant, je m'inquiète en me disant que l'entraîneur va passer un savon à papa et qu'il sera trop en colère pour lui permettre d'expliquer ses méthodes.

Je m'affale sur le banc à côté de mon sac.

Et si l'entraîneur se dépêche de guérir parce qu'il désapprouve les méthodes de papa? Et s'il le renvoie dans les gradins, est-ce que ce ne sera pas humiliant? Et si M. Berger a porté plainte officiellement, ou un truc du genre?

Toutes ces questions me rendent malade, mais je n'arrive pas à les empêcher de me tourner dans la tête.

Personne n'a le droit de dénigrer papa après tout le mal qu'il s'est donné pour nous aider.

Pas même l'entraîneur O'Neal.

Plus j'y réfléchis, plus je sens la colère m'envahir.

Je suis d'une humeur exécrable quand Louis et Patrick arrivent ensemble, débordants d'enthousiasme.

— L'entraîneur O'Neal est ici, m'annonce Patrick en souriant.

Je grogne.

— Je sais.

— Qu'est-ce qui ne va pas? demande Louis.

— Rien.

— Tu veux qu'il revienne, hein Croquette? demande Patrick en laissant tomber son sac près du mien.

— Mais oui, dis-je à mi-voix.

Évidemment que je veux qu'il revienne. Mais pas au prix de voir papa humilié.

Plutôt que de finir de m'habiller, je me rends à la patinoire pour voir ce qui se passe, les épaulettes à moitié attachées.

Depuis que papa a pris la relève, je me sens comme si j'étais dans les montagnes russes (ou dans l'auto avec Virginie au volant). Il y a des hauts et des bas tous les jours. J'espère que personne ne sera en colère contre quelqu'un d'autre, que personne ne sera froissé et surtout, je crains que l'équipe s'effondre.

Papa a vraiment essayé de nous orienter vers le championnat et même si je n'ai pas toujours été d'accord avec sa manière de fonctionner, je suis fier de lui.

Pourquoi les choses ne se sont-elles pas mieux passées?

Plus j'imagine ce que l'entraîneur est probablement en train de lui dire, plus je pense au fait que Patrick et Bosco ont défendu papa.

Je me remémore toutes les fois où Bosco a fait taire les gars qui se plaignaient. Et la façon dont il a tiré Tim et Antoine vers le centre de la patinoire lorsqu'ils se sont montrés si impolis, les laissant tomber aux pieds de papa et menaçant de ramener aussi Colin et Jules.

Je n'ai pas saisi l'occasion d'agir à ces moments-là, mais j'ai la possibilité de le faire maintenant.

C'est mon tour.

J'observe par la fenêtre du bureau papa et l'entraîneur O'Neal qui discutent. Ils semblent parler calmement, mais je n'entends pas ce qu'ils disent.

Je desserre les poings.

Puisque je ne sais pas ce qui se passe, est-ce bien le moment de foncer et d'entrer en poussant les hauts cris?

Sans doute pas.

Je les regarde en me demandant ce que je dois faire.

Et ce que je dois faire, c'est… quelque chose!

J'ai déjà passé assez de temps à laisser les autres accomplir le sale boulot.

J'inspire profondément et entre dans le bureau.

Papa se retourne et me regarde.

— Nous avons une conversation en privé, en ce moment, mon garçon.

— Je sais, dis-je.

Je pose les yeux sur lui un instant, puis arrête mon regard sur l'entraîneur.

— Je veux seulement vous dire que mon père a fait un boulot formidable et…

— Jonathan, me prévient papa.

— … et même si nous avons raté une partie facile et que nous n'aimons pas la pliométrie et que les gars ne se sont pas bien entendus et que j'ai cru que papa était peut-être dingue et que M. Berger a dû déjà vous avoir raconté des tas de choses…

Je reprends mon souffle en essayant de ne pas voir la bouche de papa qui s'ouvre comme celle d'une carpe, et poursuis :

— … et même si nous avons couru plutôt que de patiner et que les mères de l'équipe se sont mises à chahuter papa…

Papa m'avertit de nouveau :

— Jonathan!

— Je veux que vous sachiez que nous sommes devenus une meilleure équipe grâce à ses entraînements.

— Je vois, dit l'entraîneur O'Neal en hochant lentement la tête.

— Et…

— Je pense que tu en as dit suffisamment, fiston, dit-il. À présent, ton père et moi devons terminer notre conversation.

Je jette un coup d'œil à papa, qui se contente d'un signe de tête affirmatif.

Lorsque je quitte le bureau, je repasse intérieurement ce que je viens de dire et me mets à paniquer. L'entraîneur ne savait peut-être pas tout ça. Et si, en essayant de défendre papa, je n'ai fait qu'aggraver les choses!

Zut!

Lorsque papa sort du bureau quelques minutes plus tard, il n'a pas l'air content. En fait, il affiche le même air que moi lorsque je travaille sur un gros problème de maths.

Il doit se creuser les méninges.

Je lui demande :

— Qu'est-ce qui se passe?

Papa me jette un coup d'œil, étonné de me trouver là.

— Eh bien, tu es censé être en train de t'habiller pour l'entraînement.

— Je sais. Je voulais dire : qu'est-ce qui se passe entre toi et l'entraîneur?

— Rien d'inquiétant, Croquette.

Ce qui m'inquiète encore davantage.

Double zut!

J'ai tout gâché pour lui!

* * *

Une fois tous les joueurs des Cougars arrivés sur la glace, l'entraîneur O'Neal s'assoit sur le banc pour nous regarder travailler. Comme je suis inquiet pour papa, j'y vais à fond la caisse durant toute l'heure et je constate avec plaisir que les autres font de même.

Je n'ai pas l'occasion de parler à papa avant que Mme Claveau nous conduise à l'école Louis et moi, alors je passe la journée à me demander ce qui a bien pu se dire dans ce bureau.

L'entraîneur O'Neal a choisi le moment le plus nul pour revenir, compte tenu du fait que nous gagnons, que papa est content de s'occuper de l'entraînement et que les gars forment vraiment une équipe unie. Comme si nous étions enfin tous sur la même longueur d'onde, mais qu'il fallait tout arrêter brusquement. À présent, papa va devoir retourner parmi les simples partisans, et comme si ça ne suffisait pas, l'entraîneur a probablement critiqué tout ce qu'il a fait pour nous.

Cette situation m'écœure et je ne peux m'empêcher d'y penser.

* * *

Le soir, quand toute la famille s'assoit pour souper, avant même d'avoir pris une bouchée de mon poulet, je demande :

— Qu'est-ce qui va se passer à propos de l'équipe, papa?

Il pique quelques haricots verts sur sa fourchette.

— Tu veux dire, pour moi?

— Oui.

Après une seconde ou deux, je reprends :

— Est-ce que l'entraîneur O'Neal revient pour de bon?

Papa hoche la tête.

— Dans deux semaines, trois au plus.

Il porte les haricots à sa bouche.

Je suis déçu de cette nouvelle, surtout parce que je suis certain que papa est froissé. Même s'il n'en laisse rien paraître.

— Raconte-lui la suite, chéri, dit maman.

— La suite de quoi? dis-je.

Papa s'essuie la bouche avec sa serviette de table.

— Eh bien, il a aimé le fait que j'aie ajouté de la pliométrie à nos entraînements.

— Ah oui!

— Ne sois pas si surpris, dit-il en riant. L'entraîneur m'a appris qu'il comptait adopter ce genre d'entraînement la saison prochaine, mais qu'il était heureux que j'aie pris les devants.

— *Et puis*... ajoute maman, incitant papa à en dire davantage.

— *Et puis*, il m'a demandé d'être entraîneur adjoint, à son retour, dit papa avec un haussement d'épaules.

Un haussement d'épaules! Comme si ce n'était pas la nouvelle la plus géniale du siècle!

Je m'exclame :

— Incroyable!

— Pourrais-tu éviter de crier à table, s'il te plaît? dit Virginie d'un ton brusque.

Je ne me soucie pas d'elle, enchanté de la nouvelle tournure des événements. Dire que je me suis tant inquiété pour rien! Entraîneur adjoint, ce sera parfait. Papa pourra continuer de mener les Cougars vers la gloire, mais c'est l'entraîneur O'Neal qui récoltera les critiques si la situation se gâte.

Papa n'aura pas à discuter avec les parents ou à trancher dans les débats sur la pliométrie. Et le mieux, dans tout ça, c'est qu'il n'aura pas à quitter son poste d'entraîneur la tête basse.

Je n'aurais pas trouvé une meilleure idée moi-même.

Ça règle tout!

C'est à ce moment que je repense à l'air qu'affichait papa en sortant du bureau de l'entraîneur, ce matin.

— Mais tu ne semblais pas content, après lui avoir parlé.

Papa hoche la tête.

— Eh bien, je devais y réfléchir.

Quoi!

Réfléchir! J'ai passé la journée à m'inquiéter de ce qu'il va ressentir quand l'entraîneur va reprendre sa place et le renvoyer dans les gradins, alors qu'il était en fait invité à rester? Je ne vois pas à quoi il doit réfléchir!

Je lui demande finalement ce qu'il veut dire.

— Écoutez, dit-il en nous regardant, j'ai beaucoup réfléchi aujourd'hui, et je vais refuser l'offre.

J'en suis estomaqué.

— Quoi! Mais pourquoi?

— Parce que je ne veux pas le poste, dit-il.

Il hausse de nouveau les épaules, comme si refuser une proposition aussi formidable n'était pas si important.

Je commence à me sentir frustré.

— Qu'est-ce que tu veux dire? Je suis entré dans le bureau, je t'ai défendu, et...

— Je sais et je t'en remercie, mais...

— Tu veux être l'entraîneur principal, alors tu n'acceptes pas de faire l'assistant?

Papa se met à rire.

— Là n'est pas la question, Croquette.

Je secoue la tête en espérant finir par y comprendre quelque chose.

— Mais il faut parfois faire des compromis, lui dis-je. C'est ce que tu as enseigné à toute l'équipe. C'est ce qui fait que l'ébouriffé est un super gardien de but, maintenant, et que

Bosco sera probablement le joueur qui comptera le plus de points de toute la ligue cette saison parce qu'il a accepté de jouer au centre à l'occasion.

Papa secoue la tête.

— Je ne vous ai pas enseigné à accepter n'importe quoi. J'ai tenté de vous aider à vous ouvrir à de nouvelles expériences.

— Papa.

Pourquoi est-ce qu'il n'a pas tout simplement accepté la proposition de l'entraîneur?

— J'aimais l'idée d'être entraîneur, alors j'ai fait l'essai. Il s'est trouvé que certains aspects m'ont plu et d'autres, pas.

— Mais…

— Laisse-le terminer, mon chéri, dit maman en posant une main sur mon bras.

— Ce que j'ai préféré, dans cette expérience, a été de revenir sur la glace, Croquette.

— Alors, pourquoi est-ce que tu ne continues pas? dis-je, perplexe.

— Parce que j'ai compris que l'entraînement n'est pas pour moi la meilleure solution. Devenir responsable de l'équipe implique beaucoup plus de politique que ce à quoi je m'attendais.

— Mais…

— Je préfère m'en tenir à encourager les Cougars à titre de partisan.

— Mais tu peux tout de même…

— Croquette, dit maman, laisse parler ton père.

— Ouais, ajoute ma sœur. Ferme-la, Croquette.

— Virginie! avertit maman.

Papa continue.

— Maurice et moi avons discuté et il veut que je joue dans la ligue des vétérans.

— La ligue de hockey des vétérans? dis-je, complètement pris au dépourvu.

Alors, c'est de ça qu'ils discutaient au centre de la patinoire, l'autre jour.

Et c'est pour ça que papa semblait si content!

— Oui, dit-il, un grand sourire aux lèvres. Je ne m'étais pas rendu compte à quel point le hockey me manquait jusqu'à ce que je retrouve mes vieux patins.

Je commence à me sentir gagné par l'enthousiasme.

— Alors, tu veux dire que tu vas accepter? Tu vas vraiment jouer dans l'équipe?

— Oui. Est-ce que tu viendras me voir?

— C'est certain, lui dis-je en souriant.

Tant pis pour le rôle d'entraîneur!

Tant pis pour le boulot d'entraîneur adjoint!

Mon père va redevenir une vedette du hockey.

Je ne l'ai jamais vu jouer, mais je sais qu'il va tailler ses adversaires en pièces.

Seulement, il doit d'abord nous aider à l'emporter sur Courtenay samedi.

Chapitre dix-huit

Quelques semaines plus tard, je saute du lit dès que retentit la sonnerie du réveil, pressé de retrouver l'entraîneur O'Neal sur la patinoire pour la première fois depuis son opération.

Une fois sous la douche, je me demande si l'entraîneur maintiendra les changements qu'a faits papa en ce qui concerne les exercices et les positions. Il semble que nous continuerons de faire de la pliométrie, mais est-ce que Bosco reviendra pour de bon à l'aile droite? Et Christophe? Reprendra-t-il sa place comme gardien de but?

Peut-être que papa est au courant des projets de l'entraîneur, mais lorsque j'arrive à la cuisine, c'est maman qui s'occupe du déjeuner.

Je salive déjà en voyant l'assiette qui m'attend.

— Tu as fait des gaufres?

— Des gaufres aux bleuets, précise-t-elle en souriant.

Génial! J'aime bien les rôties, mais les gaufres, c'est un cran au-dessus!

Et puisque maman est de nouveau responsable de l'organisation matinale, je me risque à lui demander si elle ne pourrait pas ajouter quelques carrés au chocolat à mon repas du midi.

— Ils sont déjà emballés, dit-elle en montrant du doigt un sac de papier sur le comptoir.

Chouette!

Tout en étalant du beurre sur chaque petit carré de ma gaufre, je lui demande :

— Est-ce que papa est debout?

— N'y pense même pas! dit-elle en riant. Il m'a annoncé hier soir qu'il comptait rester couché aussi tard que possible.

— Super, dis-je en hochant la tête.

Je prends une bouchée de ma gaufre et poursuis.

— Tu sais, cela aurait été bien qu'il accepte le poste d'entraîneur adjoint.

— Peut-être, répond-elle en haussant les épaules. Mais je pense qu'il sera plus heureux comme joueur que comme entraîneur.

J'acquiesce.

— Et je pourrai le voir jouer.

Elle sourit.

— Et il ira de nouveau te voir jouer toi en tant que partisan. Sans avoir à se préoccuper de tout organiser.

Je dois dire qu'il s'est très bien occupé de tout. Nous avons d'abord battu Courtenay, puis Duncan la semaine suivante.

Résultat : Émile Bosco a cinq buts d'avance sur moi, ce qui me rend dingue.

Mais c'est moi qui ai le plus d'assistances!

— Nous jouons contre Port Alberni en fin de semaine.

— Et vous avez l'avantage du terrain.

— Oui, dis-je en souriant. C'est dans la poche.

Maman secoue la tête.

— Ce n'est jamais gagné d'avance, mon chéri.

— Je sais, lui dis-je.

Je grince des dents en songeant à cette affreuse partie contre les Aigles et poursuis :

— Mais les Cougars ont le vent dans les voiles, en ce moment. Ce ne sont pas les Totems de Port Alberni qui vont nous faire peur.

Il s'agit d'une bonne équipe, mais ils ont un nom aussi nul que celui des Pingouins. Parce que bien sûr, les totems sont chouettes à regarder, mais ils ne bougent même pas!

Nous allons gagner dimanche.

Ça ne fait aucun doute.

* * *

Lorsque maman nous dépose, Louis et moi, à l'aréna, nous retrouvons Bosco, Colin et Jules au vestiaire.

— J'ai entendu dire que l'entraîneur a proposé à ton père de devenir entraîneur adjoint? demande Bosco.

— Il a refusé, dis-je.

— Ce n'est pas parce que mon père s'est comporté de façon minable, j'espère? demande Colin.

Je lis sur son visage que cette question le préoccupe sincèrement.

— Non, lui dis-je en secouant la tête.

— Ce n'est pas parce que nous nous sommes plaints à propos des changements de positions et tout ça? demande Jules. De toute évidence, l'idée était bonne. Nous avons éclipsé Courtenay et Duncan.

— Mais non!

Je n'avais pas entendu Patrick entrer jusqu'à ce qu'il me pose à son tour la question :

— Pourquoi est-ce que ton père a refusé le poste d'entraîneur adjoint?

Apparemment, la chaîne téléphonique a fonctionné à plein régime, cette semaine!

Génial de voir que les gars auraient souhaité que papa reste avec nous. Mais je suis d'accord avec maman : il aura plus de plaisir à jouer.

— Il va plutôt faire partie de la ligue des vétérans.

— Vraiment? dit Colin en souriant. C'est super!

— Oui, c'est génial! renchérit Patrick.

Pendant que nous enfilons notre équipement, Jules demande :

— Alors, comment pensez-vous que la partie contre les Totems va se passer en fin de semaine?

— Ce sera génial, dis-je. On va les faire tomber!

— J'ai entendu dire qu'ils racontaient des stupidités à notre sujet exactement comme l'ont fait les Mouettes.

— Aucune importance, dit Colin. Ils vont ravaler leurs

commentaires dès que nous serons sur la glace.

— C'est certain, dit Patrick en souriant. Avec Bosco et Croquette en duo…

— Et l'ébouriffé qui va nous faire des arrêts spectaculaires, dis-je en réveillant McCafferty d'un petit coup de coude. On va gagner, c'est évident.

— C'est vraiment notre meilleure saison, dit Louis, le sourire aux lèvres.

Patrick tend une main gantée devant lui. Jules ajoute la sienne, imité par Christophe, Colin, l'ébouriffé, Bosco, les réchauffeurs de banc, les triplés Watson et moi-même.

— Cougars à trois! lance Patrick.

Nous cognons trois fois nos poings ensemble, puis crions « Cougars! ».

— À présent, allons-y, les gars! dit Colin.

Tous les joueurs se dirigent alors vers la patinoire.

Ensemble.